Heinrich Peuckmann

DER VORWÄRTSFAHRER

Erzählungen

Brockmeyer Verlag, Bochum 2009

Bibliografische Information der Deutschen Nationalbibliothek
Die Deutsche Nationalbibliothek verzeichnet diese Publikation in der Deutschen Nationalbibliografie; detaillierte bibliografische Daten sind im Internet über http://dnb.d-nb.de abrufbar

ISBN: 978-3-8196-0724-0
wg: 110

© 2009 by Universitätsverlag Dr. N. Brockmeyer
Im Haarmannsbusch 112,
D-44797 Bochum
Telefon 0049 (0) 234 9791600,
Telefax 0049 (0) 234 9791601
universitaetsverlag.brockmeyer@web.de
www.brockmeyer-verlag.de

Gestaltung und Layout: Helmut Granowski

Gesamtherstellung: Druck Thiebes GmbH
Altenhagener Str. 99, 58097 Hagen, Tel. (02331) 808176
www.DruckThiebes.de

Gedruckt auf chlorfrei gebleichtem Papier

Inhalt:

Der Lügenbaron	3
Frisörbesuch	11
Der Vorwärtsfahrer	17
Der Reiseschüler	25
Der Wurf mit dem Schneeball	46
Die versteckten Ostereier	57
Der Schuss durch das Fenster	62
Der Blick meiner Großmutter	68
Meine Paten	79
Unser Frieder	89
Die Bank auf dem Friedhof	95
Das Stipendium	105
Das Versteck im Keller	117

Lügenbaron

Für meine Tante, eine Schwester meiner Mutter, war die Sache rätselhaft. Einen Schriftsteller, dessen Bücher in Zeitungen besprochen, dessen Texte im Radio vorgelesen wurden, hatte es noch nie in unserer Familie gegeben. Verwundert, vielleicht auch ein wenig ironisch sah sie mich eines Tages an. Woher kam diese Neigung, Geschichten zu erfinden und aufzuschreiben, wie ließ sich dieses merkwürdige, völlig unerwartete Phänomen in unserer Familie erklären?

Ich spürte ihren abschätzigen, kritischen Blick, der lange auf mir ruhte, bis ihre Augen plötzlich aufleuchteten.

„Mit Fritz Bussmann", rief sie und schlug sich vor Freude auf die Oberschenkel, „ja, mit dem hat alles angefangen. Der hat den Leuten auch alle möglichen Geschichten erzählt, genau wie der Lügenbaron von Münchhausen."

Ich wusste, wer Fritz Bussmann gewesen war, wenn auch damals noch nicht in allen Einzelheiten. Er war der Bruder meiner Oma gewesen, also der Onkel meiner Mutter und folglich auch der der Tante und stammte aus Bram-Ostwennemar, das heute ein Stadtteil von Hamm ist.

Dort hatten die Bussmanns, also meine Vorfahren mütterlicherseits, über Generationen hinweg einen großen Bauernhof besessen, der während des Ersten Weltkriegs, weil alle Geschwister, darunter auch meine Oma, inzwischen ausgezogen waren, an Fritz Bussmann fiel. Es war keine gute Entscheidung für den Bussmannhof gewesen, dass er ausgerechnet an ihn geriet, denn Fritz Bussmann eignete sich nicht für Landarbeit, vielleicht auch nicht für Arbeit überhaupt.

„Fritzken Bussem", wie ihn die Leute aus Ostwennemar nannten, wie er auch in der Familie bei den unvermeidlichen Erzählungen über ihn zu Geburtstagen, Hochzeiten oder Beerdigungen – dort, um für ein wenig Heiterkeit zu sorgen – genannt wurde, hatte eigentlich Bäcker gelernt. Bäcker Bussem wurde er deshalb auch genannt.

Als gegen Ende des Weltkriegs der Bauernhof durch Blitzschlag niederbrannte, schaffte Fritzken Bussem es nicht, mit dem Versicherungsgeld, das er für den Schaden erhielt, den Hof wieder aufzubauen. Er verprasste es lieber in Kneipen, getreu seinem Motto: „Wer spart, hungert für die Erben." Das wollte er partout nicht und schlug in seinen Thekenreden stattdessen vor, man solle das Geld in „Länder und Häuser" investieren. In „Münsterländer" und „Nordhäuser" meinte er damit, jene beiden Schnapsmarken, die er bevorzugte.

So blieb der Hof eine Ruine und Fritzken Bussem zog in das Backhaus ein, den „Backs", wie alle das kleine Häuschen nannten, das den Brand überstanden hatte. Als Bewohner dieser Residenz erklärte er sich zum „Baron von Bram", während die Leute im Dorf lieber vom „Baron von Habenichts" sprachen.

Manchmal, wenn er in Hamm in den einschlägigen Etablissements versackt war, gelang es ihm durch blumige Erzählungen, die bedienenden Damen von seinem „Gutshof" in Bram zu überzeugen und zu einem deftigen westfälischen Frühstück einzuladen. Manche der Damen sind ihm tatsächlich gefolgt und mussten, in Fritzkens Kutsche herangekarrt, erstaunt zur Kenntnis nehmen, welcher Art sein Gutshof war. Einige sollen auf dem Absatz kehrt gemacht haben und zu Fuß durch die Felder von Bram nach Hamm zurückgelaufen sein, vielleicht sogar auf Stöckelschuhen und mit kurzem, wehenden Röckchen, was, falls es so gewesen sein sollte, schöne Vorstellungen bei mir auslöst. Die meisten aber sind den Berichten zufolge geblieben, denn Fritzken konnte nicht nur Gegebenheiten blumig ausschmücken, er konnte auch einschmeichelnd reden. Womit er zweifelsohne literarisches Talent bewies.

Und wenn es auch keinen westfälischen Schinken oder Leberwurstbrote für die Damen gab, ließen sich doch immer ein paar Eier finden, die die Hühner, die überall auf dem Gelände und im Backs herumliefen, gelegt hatten. Die „krummen Eier", die sie natürlich auch im „Backs" legten, wischte er verstohlen mit der Hand vom Tisch.

Irgendwann, als er sich in Dortmund aufhielt, hat er sogar eine Frau gefunden. Klara hieß sie, plattdeutsch „Klö" genannt, die biedere Witwe eines Polizeibeamten mit immerhin guter Pension, die Fritzken gut gebrauchen konnte. Wenn die Leute aus Bram nun die Hoffnung hatten, bei Fritzken Bussem würde Normalität einziehen, hatten sie sich getäuscht. Eine Zeit lang stemmte sich die „Klö" gegen seinen Lebenswandel, dann resignierte sie, passte sich an und verlotterte. Fritzken trieb sich weiter auf Schützenfesten herum, wo er jede Menge Gründe dafür erfand, weshalb auch er in den Vorstand gewählt werden müsste, drohte einmal sogar an, den Vogel abzuschießen, um König zu werden, wofür ihm, weil Schützenkönige ihr „Volk" hauptsächlich durch „Rundengeben" regieren, weiß Gott das Geld gefehlt hätte und blieb den Kneipenbesuchen treu. Manchmal band ein Witzbold sein Pferd los, das stundenlang vor der Kneipe gewartet hatte, und ließ es mitsamt Gig nach Hause laufen, wo die „Klö" es ausspannen musste, während Fritzken weiter an der Theke mit seinen Geschichten prahlte.

So ganz genau haben weder meine Tante noch meine Mutter mir diese Zusammenhänge erzählt. Irgendwie blieb über seine Taten immer der Schleier des Geheimnisvollen, wahrscheinlich, weil sie sich seines Lebenswandels schämten. Er habe sich halt gerne amüsiert, erklärte meine Mutter stets auf meine Nachfragen. Und sein Geld, das hätte er verjubelt. Auf dieses Verb legte sie besonderen Wert, denn es sollte beweisen, dass er es nicht selber versoffen, sondern mit anderen zusammen durchgebracht hatte, weil er gerne Runden ausgab. Verjubelt eben. Die ganze Wahrheit erfuhr ich erst nach einer Lesung in Hamm, als ein Mann auf mich zutrat, der meine Familiengeschichte kannte, und mir die von ihm geschriebene Heimatgeschichte des Ortes Bram-Ostwennemar zeigte. Und tatsächlich, unter der Rubrik „Sterben die Originale aus?" hatte er ein ganzes Kapitel meinem Vorfahr Fritzken Bussem in seiner Rolle als toller Dorf-Bomberg gewidmet. Darin stand auch, dass er sein Geld eben nicht verjubelt hatte, oder wenn, dann höchstens während der ersten Tage eines Monats. Danach war Fritzken Bussem regelmäßig abgebrannt gewesen wie sein eigener Bauernhof und darauf angewiesen, dass jemand anderer mit ihm sein Geld verjubelte, damit weiterhin in Nordhäuser oder Münsterländer investiert werden konnte.

Es ist komisch, dachte ich beim Lesen. Über meine Oma, Fritz Bussems biedere und liebevoll-naive Schwester, die ein normales, arbeitsreiches Leben geführt hat, fest verankert in der Provinz, stand nichts in dieser Heimatchronik. Aber Fritzken Bussem, der sich lieber Geschichten einfallen ließ als arbeiten zu gehen, blieb – wenigstens in lokalem Rahmen und unter dem spöttischen Titel „Bramer Original" – in Erinnerung.

Das Leben ist halt ungerecht. Und schon gar nicht folgt es den normal-spießigen Bewertungskriterien.

Waren Fritz Bussems Geschichten, mit denen er all jene belohnte, die ihm einen Schnaps ausgaben, nicht doch erzählte Literatur, denke ich inzwischen. Hatte meine Tante in einem tieferen Sinne, als sie es selbst gedacht hat, nicht doch Recht mit ihrem Vergleich? Wie sonst sollte man jene Geschichte beurteilen, die Fritzken über den Besuch der Sittenpolizei in seinem Backs erzählte?

Tatsächlich hatte sie eines Tages bei ihm angeklopft und gefragt, ob er in seinem „Backs" eine fremde Frau beherberge und ob die auch eine eigene Bettstatt hätte. Hatte sie natürlich nicht, weil Fritz für ein zweites Bett kein Geld hatte und wohl auch nicht haben wollte. Das war nun ein Faktum, das deutlich gegen damalige Moralvorstellungen verstieß und Stirnrunzeln bei den sittenstrengen Polizisten hervorrief. Was half, war nur noch eine Geschichte: „Do irk over nur ein Bett ha, häv irk die Polizei-Kärls sagt, dat Klön und irk us mit dem Slopen afwesseln. Halve Nacht slop irk und die andere halve Nacht slöpt dat Klö im Bett."

Lügenbaron nannten die Bramer ihn wegen solcher Geschichten. Ihre Art, auf jemanden mit literarischen Neigungen einzugehen. Geht es mir besser in meiner Heimatstadt Kamen heute, gut achtzig Jahre später?

„Guck mal", hörte mein Sohn auf dem Schulhof zwei Klassenkameraden miteinander tuscheln, „der da hat einen blöden Vater. Der schreibt Bücher!"

Ein blöder Vater also, das bin ich hier als Schriftsteller. Kam Fritzken Bussem da als Lügenbaron von Bram-Ostwennemar nicht besser weg?

So gesehen hatte meine Tante mit ihrem Vergleich dann doch nicht Recht.

Frisörbesuch

Es fing immer gleich an. Meine Mutter trat aus der Haustür, winkte mich heran und streckte ihre Hand, die sie zur Faust geballt hatte, vor. Ich wusste, was sich darin befand. Fünfundsiebzig Pfennig für den Frisörbesuch.
„Wird Zeit, dass die Matte runterkommt", sagte sie. Widerwillig nahm ich das Geld an. „Aber denk dran", fügte sie hinzu, „Rundschnitt halblang."
Die ewige Frisur, die ich immer verpasst bekam und die jeder in unserer Straße trug. Ich nickte und sah mich um. Auf dem Marktplatz spielten meine Freunde Fußball. Ohne mich, für den Rest des Nachmittags. Ich wusste es, denn ein Tag mit unendlich langem Warten lag vor mir. Ein verlorener Tag. Blöder Haarwuchs.
Mit hängenden Schultern schleppte ich mich zum Frisörsalon des alten Tüttmann. Er war Lehrling bei meinem Opa gewesen, der bis zu seinem frühen Tod ebenfalls einen Frisörsalon in unserer Rottstraße gehabt hatte. Alles muss mein Großvater ihm beigebracht haben, Linksscheitel, Kurzschnitt, aber eines nicht. Nämlich schnell zu arbeiten. Der alte Tüttmann schnitt jedes Haar

einzeln. Unendlich langsam wanderte er um seinen Kunden im Frisierstuhl herum und fand immer noch ein Härchen, das er abschneiden konnte. Irgendwann, so fürchtete ich, würde er dabei noch einschlafen. Und keiner seiner Kunden würde es merken, weil die auch längst eingeschlafen waren.

Ich lief die Treppe in dem Fachwerkhaus hoch, in dem sich sein Salon befand. Die Hoffnung überkam mich, der Salon könnte leer sein. Vorsichtig schob ich die Tür auf. Ich hörte das Klappern einer Schere, aber die Stuhlreihe am Fenster war frei. Ich hätte aufjubeln können vor Freude, aber dann hörte ich Stimmen. Zwei Männer saßen auf den Stühlen an der Breitseite des Raumes, dazu einer im Frisiersessel des alten Tüttmann. Aus der Traum.

Der alte Tüttmann, ein kleiner, dicker Mann, lächelte, als er mich sah.

„Na Heinzken, isses wieder so weit?"

Ich nickte und setzte mich auf einen Stuhl am Fenster. Der Blick hinaus ging auf den Platz einer Baustofffirma. Berge von Sand und Kies lagen dort. Manchmal musste ich mit meinem Vater auch dorthin, um Sand oder Kalk zu kaufen, wenn an unserem Haus etwas zu verputzen war. Heute lag der Platz verlassen da, niemand schien Sand, Kalk oder Kies zu benötigen.

Zeitschriften hatte der alte Tüttmann nicht, von all seinen Kunden hatte keiner das Verlangen zu lesen. Ich hätte gerne in einer geblättert, am besten in einer mit Reisegeschichten, die ich am liebsten las. Ich stellte mir dann vor, wie ich raus kam aus meiner engen Heimatstadt, den Dschungel des Amazonasgebiets durchstreifte oder mit Marco Polo ins geheimnisvolle China vordrang. Aber ich war der einzige im Frisörsalon des alten Tüttmann, der solche Wünsche zu haben schien.

Die anderen Männer sprachen vom Pütt, von Flöz Dickebank oder davon, ob Monopol, die Zeche in unserer Stadt, vielleicht auch bald stillgelegt würde wie so manche andere Zeche in der Nachbarschaft. Das ewige Thema, das auch die Gespräche meiner Eltern dominierte und das alle Bergleute spannend fanden. Es bestimmte nicht nur ihre Arbeit, es bestimmte ihr ganzes Denken. Die Schere klapperte, der kleine Tüttmann drückte mit dem Fuß ein Pedal und ließ den Frisierstuhl so weit herunter, dass es schien, als wollte er seinen Kunden auf den Holzboden seines Salons setzen. Aber nur so konnte er ihm auf den Kopf schauen und kontrollieren, ob der Scheitel richtig lag. Ich gähnte.

Endlich war der Mann vor mir dran, ich atmete auf, da hörte ich Schritte auf der Treppe. Ein neuer Kunde kam herein.

„Na Karl", sagte der alte Tüttmann, „wie geht`s?"

Der Mann nahm seine Kappe ab und hängte sie an den Ständer. „Wie soll`s einem gehen, wenn man gleich Spätschicht hat?", antwortete er.

Der alte Tüttmann sah mich an. „Heinzken, du hast doch bestimmt Zeit."

Ich wollte etwas entgegnen, aber der alte Tüttmann erwartete keine Zustimmung und achtete gar nicht mehr auf mich. Für Bergleute hatte er Verständnis, für Kinder nicht. Die Sonne versank hinter den gegenüber liegenden Häusern, der Platz der Baustofffirma lag im Schatten.

Ich dachte darüber nach, ob ich nicht besser einen Stoppelschnitt verlangen sollte. Er kostete sogar noch etwas weniger als der übliche Rundschnitt. Einfach alles ganz kurz geschnitten. Um drei, vier weitere Wochen könnte ich den nächsten Besuch beim alten Tüttmann hinauszögern. Aber meine Mutter würde schimpfen. Dass Jungen den Nacken ausrasiert hatten, war eine Selbstverständlichkeit für sie. Aber auf dem Kopf sollten sie Haare haben. Rotblonde am besten, so wie ich.

Die Kirchturmuhr schlug fünfmal, als der Mann mit der Spätschicht endlich fertig war. Ich kämpfte mit mir. Sollte ich Zeit gewinnen, aber dafür Krach mit meiner Mutter riskieren?

„Stoppelschnitt!", sagte ich dann mit fester Stimme, als ich in den Frisierstuhl kletterte.

Aber der alte Tüttmann schüttelte den Kopf. „Nene, Heinzken, meinst du, ich will Ärger mit deiner Mutter kriegen?"

Ich hätte es ahnen müssen. Bei uns im Viertel kannte jeder jeden. Und natürlich kannte jeder auch die Vorlieben des jeweils anderen. Ich war verzweifelt. Klaglos ertrug ich, was der alte Tüttmann wie immer mit meinem Kopf anstellte. Rundschnitt, halblang, wobei sich jedes einzelne Haar seiner besonderen Aufmerksamkeit erfreute.

Der Marktplatz war leer, als ich nach Hause kam. Meine Freunde waren längst verschwunden.

„Na siehst du", sagte meine Mutter, als sie mich ansah. „Sieht doch viel besser aus als die Matte oder so ein blöder Stoppelschnitt." Sie musste geahnt haben, was ich vorgehabt hatte.

„Komm, ist ja jetzt erledigt", fügte sie hinzu und strich mir über meine neue Frisur. „Vier Wochen hast du jetzt Zeit."

Vier Wochen, dachte ich. Nur achtundzwanzig Tage. Viel zu wenig.

Der Vorwärtsfahrer

Autos waren in meiner Jugend selten. Ungestört konnten wir auf der Straße spielen und wurden kaum einmal von nervigem Gehupe unterbrochen.

Unter meinen Verwandten war Onkel August der erste, der eines hatte. Ein richtig naher Verwandter war Onkel August aber nicht, er war der Vetter meiner Tante Elfi, aber weil deren Sohn Thomas ihn mit Onkel anredete, tat ich es auch.

Onkel August war ein hilfsbereiter Mann. An den Geburts- und Festtagen bei Tante Elfi fuhr er uns stets mit seinem Auto die 20 Kilometer zurück nach Hause, so dass uns die lästige Fahrt mit dem Bus erspart blieb.

Bevor wir jedoch die Vorteile seines Autos nutzen konnten, kamen wir jedes Mal ins Schwitzen. Onkel August konnte nämlich nicht rückwärts fahren. Ich weiß, es klingt lächerlich, aber so war es. Onkel August konnte es einfach nicht. Zweimal war er durch die Fahrschulprüfung gefallen, weil der Prüfer ihn aufgefordert hatte, rückwärts einzuparken, zweimal hatte es Onkel August nicht geschafft. Die Übungsstunden nach seinen Misserfolgen hatten an diesem Zustand nichts ändern können. Beim dritten Mal muss er einen einsichtigen Prüfer gehabt haben, der Rücksicht auf seine Schwäche nahm und einfach vergaß, eine Rückwärtsfahrt von ihm zu verlangen. Andernfalls hätte Onkel August wohl nie seinen Führerschein bekommen.

Am Sportplatz gegenüber von Tante Elfis Haus hatte August sein Auto eingeparkt, vorwärts natürlich, mit dem Kühler Richtung Hecke. Am Abend, wenn die Feier beendet war, gingen wir alle rüber zum Sportplatz, August setzte sich ans Steuer, löste die Handbremse, wir drückten gegen den Kühler und schoben den Wagen vorsichtig auf die Mitte des Platzes. Dabei mussten wir stets wild mit den Armen gestikulieren, damit der Wagen die richtige Fahrtrichtung bekam. Wenn es rückwärts ging, verlor August jede Übersicht, schlug rechts ein, obwohl er doch links aus der Parklücke wollte, schlug nach links ein, wenn es andersrum sein sollte. Manchmal nutzte auch unser Winken nichts, dann geriet der Wagen trotz allem in die falsche Richtung, und wir mussten ihn, immer mit August am Steuer, zurück in die Parklücke schieben, um einen zweiten Versuch zu starten.

Irgendwann stand dann der Wagen richtig, Schweiß lief uns über die Stirn, am meisten aber schwitzte der erleichtert lächelnde August. Bei der anschließenden Fahrt gab es keine Probleme, wenn es vorwärts ging war August ein sicherer Fahrer. Erst vor unserer Haustür begannen sie erneut, dieselben Schwierigkeiten wie bei der Abfahrt. August musste wieder in Fahrtrichtung geschoben werden, was jetzt etwas schwerer fiel, weil uns die Hilfe von Tante Elfi und Thomas fehlte. Aber irgendwie haben wir es immer geschafft, einfach weil wir es schaffen mussten. Andernfalls hätte August nämlich nicht zurück gekonnt, hätte bei uns einziehen oder nach Italien oder in die Walachei fahren müssen, weil das gerade in Fahrtrichtung lag.

Wir haben die Autotouren mit ihm trotzdem genossen, denn die Busfahrt von Tante Elfi bis in unser Städtchen dauerte unendlich lange, führte über alle möglichen Dörfer, wobei auch noch an jedem zweiten Bauernhof angehalten wurde.

Das Unvermögen, rückwärts zu fahren, war aber nicht Augusts einzige Besonderheit. Die zweite, die uns immer schon beim Kaffeetrinken beschäftigte, war sein missionarischer Eifer. August war nämlich Zeuge Jehova, und er konnte der Versuchung nicht widerstehen, die Anzahl der Auserwählten, die dermaleinst ins Himmelreich kommen würden und natürlich alle Zeugen Jehovas sein mussten, nach Kräften zu mehren.

Wir saßen am Kaffeetisch, aßen Kuchen, die Älteren tranken Kaffee, Thomas und ich Kakao. Einen Moment lang war es dann ruhig, weil alle konzentriert mit ihren Sahneteilchen beschäftigt waren, da fiel in die Stille hinein unweigerlich ein Satz, der die Stimmung schlagartig veränderte.

„Jaja", rief August, „dann wird die Welt also bald untergehen!" Dabei schob er sich ein Stück Schwarzwälder Kirschtorte in den Mund.

Wir wussten, wie wir zu reagieren hatten, alle wussten es, selbst ich. Schweigen war die beste Antwort, so tun, als hätten wir es gar nicht gehört. Oder, wenn August uns streng ansah, stumm zu nicken, als stimmten wir ihm zu. Als wüssten wir längst, dass die Welt untergehen würde und es wäre nicht weiter der Rede Wert. Nur mein Vater fiel jedes Mal darauf rein, fand Augusts Ankündigung völlig unsinnig und rief: „Wieso das denn, August? Warum soll denn unsere schöne Welt untergehen?"

Dann war es so weit, damit hatte August das Stichwort für seinen missionarischen Vortrag, der sich vor allem mit der Johannesoffenbarung beschäftigte. Hatte denn Gott dem Apostel Johannes nicht in Träumen mitgeteilt, dass die Welt untergehen würde, dass Armageddon kommen würde, Gottes entscheidende Schlacht, bei der Babylon untergehen und Gott sein Reich errichten würde? Hatte Gott ihm nicht all die bösen Zeichen genannt, die vorher geschehen würden, und gab es nicht gerade zu dieser Zeit unzählige davon? August schwieg einen Moment lang und sah uns bedeutungsschwer an, während wir uns fragten, welche Zeichen er gemeint haben könnte.

„Na, ist nicht neulich ein Ozeanriese untergegangen?", rief August. „Hat es nicht an Bord einen Brand gegeben, der das Schiff und unzählige Menschen in die Tiefe riss?"

Und gab es nicht, fuhr er fort, schwarze Flecken auf der Sonne, die selbst die Naturwissenschaftler, von denen August ansonsten wenig hielt, bemerkt hatten? Nein, nein, die Zeichen wären eindeutig, erklärte er, die Welt würde untergehen. Sogar schon bald.

144.000 Gläubige kämen dann zu Gott, erklärte August und hoffte natürlich, dass er dabei sein würde.

Die Zahl steht übrigens wirklich in der Bibel, nur dass sie dort nicht wörtlich dort steht, sondern aufgeteilt ist in 12 mal 12 mal Tausend, was angesichts der damaligen Rechenkünste nur eines bedeuten konnte: nämlich unzählig viele. Allein schon die Zahl 12 bedeutete mehr als man Finger hat, das dann noch mal mit 12 multiplizieren und das wiederum mit Tausend … Onkel August aber rechnete aus, nahm wörtlich, wie alle Zeugen Jehovas die Bibel immer wörtlich nehmen und verfehlte darum um so sicherer ihren Sinn.

Wie waren sie nun darauf gekommen, dass die Welt untergehen würde? Ganz einfach, sie hatten die Zeichen in der Offenbarung auf unsere Zeit übertragen und das genaue Datum für Gottes Entscheidungsschlacht gegen Babylon, also gegen unsere Welt, ausgerechnet.

„1972 ist es so weit!", verkündete August mit Triumph in der Stimme.

Tante Elfis Festgesellschaft hatte inzwischen aufgehört, Kuchen zu essen. Der Gedanke an den Untergang der Welt hatte allen den Appetit verdorben, im Gegensatz zu

August, der sich ein weiteres Stück Torte auf den Teller legte.

Aber spätestens wenn August das Untergangsdatum nannte, kam Tante Elfis großer Auftritt.

„1972 erst?", rief sie, „na dann ist ja alles gut!"

„Warum ist dann alles gut?", fragte der verwirrte August, der sich so plötzlich um die Früchte seiner Drohrede betrogen sah.

„Na, weil dann noch Zeit bleibt, meinen Kuchen zu essen", verkündete Tante Elfi fröhlich. Ein Satz, den alle mit Erleichterung zur Kenntnis nahmen. Freudig wurden wieder die Sahneteilchen vertilgt.

Aber irgendwann, Jahre später, war es so weit. Augusts angekündigtes Weltuntergangsdatum kam, es verging und die Welt blieb bestehen. Die Zeugen Jehovas haben danach, wie ich in einem Bericht las, fast zwei Drittel ihrer Mitglieder verloren. Wenn es für die Mitarbeit in ihrer Gruppe nicht mal einen Platz im Himmel gab, hatten sie keine Lust mehr dazu, weiter zu missionieren, sollte das wohl heißen.

August hat diese Niederlage nicht mehr erlebt, er ist ein paar Jahre vorher gestorben. Wirklich schade, denn er wäre trotz Ausbleibens des Weltuntergangs bei seinem Glauben geblieben, denke ich und hätte für das Ausbleiben viele Erklärungen in der Bibel gefunden.

Ich denke manchmal an ihn, besonders wenn ich mit meinem Auto rückwärts fahre. Ganz unverhofft fällt er mir dann ein. Ich hoffe sehr, dass er seinen Platz unter den 144.000 Auserwählten gefunden hat, denn er hätte ihn verdient. Wegen seines missionarischen Eifers, der niemandem, natürlich auch nicht Gott, verborgen geblieben sein kann, vor allem aber wegen der Mühe, die er sich bei seinen Autofahrten für uns gegeben hat. So viel aufopferungsvolle Hilfsbereitschaft muss einfach belohnt werden, denke ich.

Der Reiseschüler

Mit meinem Schulweg begann es völlig anders als es später endete. Von allen Mitschülern, mit denen ich 1956 in die Kamener Falkschule eingeschult wurde – wir waren 44 - hatte ich den kürzesten Schulweg. Die Falkschule lag nämlich direkt gegenüber von unserem Haus „Rottstraße 3", zwischen elf und fünfzehn Uhr warf der Backsteinbau einen langen Schatten, so dass wir an diesigen Tagen schon nachmittags das Licht anschalten mussten.

Wenn es zur ersten Stunde klingelte, schnappte ich mir den Tornister, überquerte die Rottstraße, wälzte mich über die Schulhofmauer und war pünktlich da. In Zweierreihen mussten wir uns aufstellen, die Großen aus der 8. Klasse in der Nähe des Eingangs, wir Kleinen am Ende der Reihe. Ein gemütlicher Anfang, auf den ich bald keinen Wert mehr legte, denn ab Mitte der ersten Klasse begannen wir, vor dem Unterricht auf dem Schulhof Fußball zu spielen, und da wollte ich unbedingt dabei sein. Mein erster Lehrer war Jürgen Girgensohn, der später, als ich ausgebildeter Lehrer war, mein oberster Chef wurde. Von 1970 bis 1983 war er Kultusminister des

Landes Nordrhein-Westfalen, und wenn es auf irgendeiner schulischen Ebene eine Begegnung mit dem Minister gab, vor dem die übrigen Lehrer immer größten Respekt zeigten, hatte ich meine Freude. Ich traf ja meinen Lehrer, der mir einen schönen Einstieg in das Lernen vermittelt hatte. Außerdem hatte Girgensohn Humor, als Lehrer und später als Minister.

„Na du Schlingel, wie geht`s dir?" begrüßte er mich mal an meiner späteren Schule, dem Bergkamener Gymnasium, als er zu einer Podiumsdiskussion kam. Meine Schüler, die gerade zusammen mit mir den Flur überquerten, staunten.

„Wer ist das? Der hat Schlingel zu Ihnen gesagt."

Ich nickte. „Weil der mich kennt."

In unserer ersten Schulstunde, wir wurden damals noch nach den Osterferien eingeschult, ließ Girgensohn uns Hasen an die Tafel malen. Ich malte im Gedränge und Geschubse meiner Klassenkameraden einen braunen Riesenhasen mit bunten Eiern im Korb. Woher ich das heute noch weiß? Hausmeister Fritsch hat es mir später erzählt. Er war einfach in die Stunde gekommen, um zu sehen, wie das kleine Heinzken aus dem Haus gegenüber seine erste Schulstunde verbrachte. Er lachte bei jeder Wiederholung, wenn er die Geschichte über meinen Hasen erzählte.

Unauslöschlich gehört auch der alte Fritsch zu meiner Schulzeit. Manchmal unterhielt ich mich mit ihm, von Haus zu Haus sozusagen. Ich unten im Küchenfenster, den Kopf im Nacken bis es schmerzte, er hoch oben über den beiden Stockwerken mit den Klassenräumen in seiner Hausmeisterwohnung. Irgendwann habe ich wirklich etwas von ihm gelernt, mehr als von manchen meiner Lehrer. Da fing der alte Fritsch plötzlich an, französische Chansons zu lieben, und das in unserer Straße, in der Bergleute, Schuster und Metallarbeiter lebten. Unterhaltung ja, aber anspruchsvolle Kunst, das war für die meisten reine Zeitverschwendung. Als Künstler in unserer Straße galt einzig der dicke Bäcker, der am Ende unserer Straße wohnte und die Pauke in der Bergmannskapelle, nein, nicht spielte, sondern schlug. Unbarmherzig hämmerte er auf das arme Instrument ein, als müsse er sich an ihm rächen für irgendeine Untat, die es an ihm begangen hatte. Da war der alte Fritsch in Sachen Kunst tatsächlich eine Ausnahme.

„Heinz, hörst du den Charles?", rief er mir eines Tages zu, als ich schon in die neunte oder zehnte Klasse ging und meinte damit Charles Aznavour. „Was heißt la vie, was heißt l`amour?" Ich übersetzte es ihm so gut ich es konnte und hatte endlich einen Bruder im Geiste gefunden, der sich außer mir, der ich gerne und viel las, in unserer Straße für Kunst interessierte. Auf seine Weise eben.

Girgensohn war der richtige Lehrer für mich. Er schlug uns Schüler niemals wie das andere Lehrer taten, wenn wir zu laut oder zu frech waren. Allenfalls senkte er symbolisch den Zeigestock über unser Hinterteil, meistens aber hatte er andere Strafen. Eine bestand darin, dass wir ihn, wenn er sauer auf uns war, zwei Tage lang nicht grüßen durften. Das hat uns tatsächlich wehgetan, denn wir mochten ihn. Insofern war es folgerichtig, dass er später als Kultusminister als eine seiner ersten Amtshandlungen ein Prügelverbot für Lehrer in den Schulen erließ. Neben seiner Arbeit an der Falkschule und seinem politischen Engagement in der SPD studierte er Englisch, um vom Volksschullehrer zum

Realschullehrer aufzusteigen. Etwas von diesem Studium floss in seinen I-Dötzchen-Unterricht ein.

„London`s burning", sangen wir lautstark unter seiner Regie, während er selbst auf dem Pult saß, „fire, fire, fetch the engine."

In der zweiten Klasse bekam ich einen neuen Lehrer, Wolfgang Bär, der ein halber Künstler war mit wehenden grauen Haaren. Auch er war ein Mann, der sich neben seiner Lehrtätigkeit zusätzlich engagierte, denn er baute die Kamener Volkshochschule auf und sorgte für interessante Kulturabende in unserer Stadt. Der Kabarettist Hans Dieter Hüsch hat seine ersten Auftritte in Kamen gehabt. Später ließ Bär sich vom Schulunterricht beurlauben und zog mit Jürgen von Manger als dessen Manager und Dialogpartner durch die Lande. Auf manchen Platten mit den Sketchen von Jürgen von Manger, etwa bei der Fahrschulprüfung als genervter Fahrschullehrer, ist er als dessen Partner zu hören.

Vielleicht war das Rektor Ballhausen zu viel an Neuerungen, die meine Klasse in den beiden ersten Klassen mitbekam, jedenfalls übernahm er uns ab der dritten Klasse. Er war streng, hatte sich einen

Klassenraum reservieren lassen, in dem das Pult auf einem Podest stand und von dort oben aus brachte er uns eine Menge bei.

Ballhausen hatte die Eigenart, dass er sich Aufsätze, die er für besonders gelungen hielt, in eine schwarze Kladde eintragen ließ. "Dann habe ich nach meiner Pensionierung ein schönes Buch, in dem ich immer blättern kann, wenn ich mich an meine guten Schüler erinnern möchte", erklärte er uns.

Mich ließ er erst ganz kurz vor Ende der vierten Klasse einen einzigen Aufsatz eintragen, ansonsten fand er meine Texte zu dürftig.

Oft werde ich bei Schullesungen von meinen kleinen Zuhörern gefragt, warum ich Schriftsteller geworden bin. Eine schwierige Frage, so genau weiß ich es nämlich selber nicht. Aber ich erzählte dann oft, dass ich es gar nicht hätte werden dürfen, mein Lehrer in der Volksschule jedenfalls hätte nichts von meinen ersten Geschichten gehalten. Im Laufe der Jahre gewöhnte ich mir an, hinzuzufügen, dass dieser Lehrer vermutlich nie vorher oder nachher einen Schüler unterrichtet hätte, der Schriftsteller geworden sei. Und den einzigen, den er jemals hatte, hätte er nicht verstanden. Eine Erklärung, bei der ich gut wegkam, die aber nicht stimmte. Als ich vor ein paar Jahren ein Westfälisches Autorenlexikon zugeschickt bekam, in dem auch ein Portrait von mir enthalten ist, entdeckte ich plötzlich den Namen meines Rektors. Er hatte auch geschrieben, hatte Anthologien mit Bergarbeiterliteratur herausgegeben, allerdings „raunte" es ein wenig in den Überschriften seiner Bücher vom starken Arbeitsmann, der sein Licht durch die dunklen Stollen trug.

Das überraschte mich wirklich, denn davon hatte Ballhausen nie etwas erzählt und so bin ich in größere Zweifel gestürzt worden. Vielleicht, denke ich inzwischen, waren meine Aufsätze wirklich zu kurz, wie er das meiner Mutter bei einem Elternsprechtag mal gesagt hatte. Vielleicht auch zu langweilig, was weiß ich.

Immerhin war ich es ihm wert, während des Unterrichts in die Buchhandlung unserer Stadt zu gehen und die FAZ für ihn zu kaufen, aber als es schließlich darum ging, auf welche Schule ich wechseln sollte, war er dagegen, dass ich zum Gymnasium ging.

Einerseits brachten ihn meine Aufsätze zu dieser Meinung, andererseits war er der Auffassung, dass nur solche Kinder zum Gymnasium wechseln sollten, deren Eltern Englisch könnten oder Englischnachhilfe bezahlen könnten. Mein Vater war Bergmann, beides war deshalb nicht möglich.

Also meldete meine Mutter mich zur Aufnahmeprüfung an der Realschule Oberaden an, das Wort eines Lehrers, zumal eines Rektors, galt etwas bei uns, ich bestand und wurde fortan ein „Reiseschüler". Ab jetzt gab es nicht mehr den kurzen Weg über die Straße bis zur Schule, ab jetzt musste ich mit dem Bus fahren. Mindestens eine Stunde früher aufstehen hieß das, bei jedem Wetter den Schützenhof, anschließend die Weststraße überqueren, und dann durch die Weerenstraße bis zum Marktplatz laufen, wo die Bushaltestelle war. Eine halbe Stunde dauerte die Fahrt mit ihrem Abstecher über Weddinghofen bis nach Oberaden, das heute zu Bergkamen gehört, wo ich wieder auf Girgensohn traf, der nicht nur mein Englisch-, sondern auch mein Kunstlehrer wurde. Ich solle nicht immer Abkürzungen unter meine Bilder schreiben, meckerte er mich eines Tages an, H.P.

hieße Haltepunkt. Ich habe es nicht vergessen. Wenn ich heute unter eine Mail mein Kürzel schreibe, fällt es mir wieder ein. H.P. heißt Haltepunkt. Also schreibe ich meinen Namen aus.

Er selbst fuhr manchmal ebenfalls mit dem Bus, er wohnte ja genau wie ich in Kamen, dann sprachen wir tatsächlich über Politik. Er war damals stellvertretender Landrat. Ob er nicht mal Landrat werden wolle, fragten wir ihn. Girgensohn konnte es sich nicht vorstellen, sagte er, wurde es aber nur wenige Jahre später.

Von ihm habe ich Demokratie gelernt. Das sagt sich so einfach, aber es war wirklich so. Girgensohn warnte eindringlich vor einer Diktatur, brachte sich selbst als Beispiel ein und warnte, dass man als junger Mensch leicht verführbar sei. Er war, das gab er freimütig zu, Mitglied in der Waffen-SS gewesen, sagte das nicht, wie Günter Grass, als alter Mann am Ende seiner Karriere, sondern betonte es immer wieder, um uns zu zeigen, wie schrecklich man verführt werden könne, wenn es keine demokratische Kontrolle gebe. Ich hielt es für normal, dass man seine Vergangenheit auf diese Weise aufarbeitete, heute weiß ich, dass Girgensohn die große Ausnahme war. Später, als er noch Mitglied im Landtag, aber als Minister zurückgetreten war, hat ihm die CDU diesen Hintergrund im Rahmen einer Intrige, bei der es um einen eigenen Mann in der Waffen-SS ging, mal vorgeworfen. Girgensohn solle sofort sein Landtagsmandat abgeben, hieß ihre Forderung, die auch die Bergkamener CDU übernehmen wollte. Ich rief vor der entscheidenden Parteiversammlung meinen Schulfreund Hubert an, stellvertretender Fraktionsvorsitzender der örtlichen CDU, der eine Klasse über mir in die Realschule gegangen war, und sagte ihm, dass ich jetzt etwas von ihm erwartete. Und Hubert hat meine Erwartungen nicht enttäuscht. Er hat eine flammende Rede für Girgensohn gehalten, hat betont, dass er bei ihm Demokratie gelernt hätte und dass Girgensohn niemals seine Mitgliedschaft in der Waffen-SS verschwiegen hätte, sondern im Gegenteil produktiv zu unserer politischen Bildung verwendet hätte. Der Antrag auf Rücktritt wurde von der Bergkamener CDU zurückgezogen, die Presse berichtete groß darüber, noch am selben Tag war dieser Artikel Gesprächsthema

Nummer eins im Landtag, wie Girgensohn mir später erzählte, und auch dort wurden die Angriffe eingestellt. Schulfreundschaft über politische Unterschiede hinweg, so etwas gibt es also auch. Und Schüler, die sich in kritischen Situationen zu ihrem Lehrer bekennen ebenso.

Lehrer, die anders mit ihrer Vergangenheit umgingen, habe ich auch erlebt. Den ersten an unserer Falkschule. Er war, man kann es nicht anders sagen, ein Nazi. Wenn er nach seinen regelmäßigen Kegelabenden besoffen in die Schule kam, sprach er einen Schüler an, der seine Einstellung teilte.

„Dietmar, wann hatte unser Führer Geburtstag?"

„Am 20. April!"

„Dietmar, sing noch mal unser Lied!" Und Dietmar sang: „Die Fahnen hoch, die Reihen fest geschlossen, SA marschiert mit starkem, festem Tritt ..." Seitdem kenne ich den Text.

Auch das hat mich geprägt, in meiner Ablehnung nämlich, in meiner kompromisslosen Abscheu vor dem Faschismus.

Die Klasse, in die ich an der Realschule kam, wäre heute eine gute Sexta eines Gymnasiums. Wir haben uns vor einem Jahr mal getroffen. Gut die Hälfte hat das Abitur nachgemacht, einer ist Professor an der TH Aachen geworden, ein anderer Apotheker, einer Journalist, der nebenbei Unterhaltungsromane schreibt, ein anderer leitet einen kleinen Betrieb.

Ein großer Teil aber ging in die Verwaltung, und genau das war es, was mich dieser Schule entfremdete. „Wenn ihr mal später in der Verwaltung arbeitet ..." hieß es mindestens einmal in der Woche, eine Perspektive, die bei mir Grauen auslöste. Verwaltung, das stellte ich mir als Arbeit in dunklen Räumen vor, zugestellt mit Aktenordnern, ich an einem Schreibtisch, mit Ärmelschonern womöglich, nein, das wollte ich nicht. Auf keinen Fall wollte ich das. Kreativität sollte zu meinem Leben gehören, wozu in den Verwaltungen nun wahrlich kein Platz ist. Deshalb war mir schnell klar: ich muss hier weg.

Elf Jahre alt war ich, vielleicht auch zwölf, da wusste ich, dass ich zu einem Gymnasium wechseln musste, irgendwie musste ich das schaffen. Heute staune ich über meine damalige Reife und Willensstärke. Der Rektor der Realschule, der in der Nähe unseres Hauses in Kamen wohnte, Willy Graas, wusste von meinen Plänen, vermutlich, weil meine Mutter sie ihm erzählt hatte. Irgendwann rief er mich zu sich ins Rektorzimmer. Es gebe da in Unna eine Schule, an der man als Späteinsteiger Abitur machen könne, sagte er mir, ein Aufbaugymnasium. Nach der 8. Klasse wäre der beste Übergang, ich sollte für gute Zensuren sorgen, dann könnte ich es schaffen. Noch heute bin ich ihm dankbar für diesen Tipp, der mein Leben entscheidend beeinflusst hat und der die andere Rektorenentscheidung, die mein Leben beeinflusst hatte, ausgeglichen hat.

Wieder musste ich eine Aufnahmeprüfung machen, eine Mathearbeit schreiben, ein Diktat, einen Aufsatz. Heinz-Dieter aus der Realschule folgte mir. Und dabei passierte etwas Merkwürdiges. Einer der Prüfungslehrer, Rudolf Schlabach, nahm mich bei seiner Prüfungsstunde immer wieder dran. Die anderen hatten weitgehend Ruhe, ich musste fast alle seine Fragen beantworten.

„Verstehst du das?", fragte ich nachher Heinz-Dieter. Der nickte.

„Wahrscheinlich stehst du auf der Kippe und er wollte genau überprüfen, ob du genommen wirst oder nicht."

Das Zittern begann, drei Wochen lang. Dann kam mit der Post die Nachricht, dass ich bestanden hatte. Und Lehrer Schlabach, der zuerst mein Religions-, später mein Deutschlehrer wurde, gab mir, als er meinen Namen in der ersten Stunde in sein Notizbuch schrieb, eine herrlich einfache Antwort für sein Verhalten während der Prüfung.
„Ach Peuckmann", sagte er, „der Name ist mir gleich aufgefallen. Weißt du, ich wohne nämlich am Peukinger Weg."
Ich wusste nicht, ob ich erleichtert oder sauer sein sollte. Wenn ich das gewusst hätte, hätte ich mir drei Wochen Zittern ersparen können.
Die Fahrtrichtung änderte sich, nicht mehr nach Oberaden fuhr fortan mein Bus, sondern nach Westen Richtung Unna, aber ich blieb das, was ich war. Ein Reiseschüler nämlich mit einer halben Stunde Fahrtzeit morgens und einer weiteren am Nachmittag.
Die neue Schule gefiel mir. Alles war freier als an der Realschule. Während wir dort rechts die Treppe rauf- oder runtergehen mussten, gab es in Unna keine solchen Vorschriften. Wir sprangen aus dem Fenster auf den Schulhof, die Lehrer grinsten, wenn sie es sahen.

Wir waren eine bunte Truppe in der „Obertertia a", alles Spätstarter, die im zweiten oder dritten Anlauf den Weg aufs Gymnasium gefunden hatten. Einige darunter, die man so dort nicht erwarten konnte und die auch nicht bis zum Abi blieben, aber trotzdem oder vielleicht gerade deshalb prima Kumpel waren. Kunibert zum Beispiel, ein Riese von Kerl, bei dem Biolehrerin Jutta Blank (die Schwägerin des damaligen Verteidigungs- und Arbeitsminister) hochspringen musste, um ihm eine zu kleben, was bei Kunibert höchste Achtung hervorrief.

„Hast du gesehen, wie die das gemacht hat? So eine kleine Frau und so hoch springen!" Er nickte bewundernd. Unangefochtener Kreismeister im Kugelstoßen und Diskuswerfen war er. Ein anderer aus der Parallelklasse schaffte es später sogar in den erweiterten Speerwurfkader für die Olympischen Spiele 1972. Deshalb war es auch Unsinn, dass Sportlehrer Reifenberger uns beim Leichtathletiktraining eines Tages am Kopfende des Sportplatzes aufstellen ließ und Schlagballwerfen Richtung Schule üben ließ. Bei Kunibert landete der Ball zum ungläubigen Staunen von Reifenberger schon knapp vor der Schule, bei dem

Speerwerfer landete der Ball mitten im Physiksaal. Reifenberger ließ sofort abbrechen. Wer konnte wissen, wer da noch folgen sollte, schien er zu befürchten.

In Unna habe ich wichtige Impulse für meine spätere künstlerische Tätigkeit erhalten. Ich will es nicht übertreiben, Kunst gesättigt ist Unna nun wahrlich nicht, aber für mich, der ich aus einer reinen Bergarbeiterstadt kam, war es was. Dass man Hauskonzerte veranstaltete, bei denen die Eltern zusammen mit ihren Kindern abends musizierten, hatte ich vorher noch nie gehört. So etwas gab es nicht in meinem Umfeld, aber in Unna. Freundinnen vom benachbarten Mädchengymnasium, das uns vom ersten Tage am Aufbaugymnasium an magisch anzog, erzählten mir davon. Dies ist nur ein Beispiel.

Wir sprachen außerdem viel über Literatur, wir diskutierten, wir trafen uns bei „Mutti Jakobs", der Jakobs-Filiale am Bahnhof, um unsere Gespräche fortzusetzen. Schlabach hat entscheidend zu diesem Interesse beigetragen, denn er war nebenher Schriftsteller. Abends lief im Radio ein Hörspiel von ihm, morgens in der Schule diskutierten wir darüber. Einer, der sich bei diesen

Diskussionen besonders hervortat, war Dieter Pfaff, den ich inzwischen mindestens einmal pro Woche im Fernsehen entdecke. Als Psychiater Bloch, als Kommissar Sperling mit Schlapphut, zwischendurch auch mal als Klosterbruder auf Liebesurlaub.

War diese oder jene Figur glaubhaft gestaltet, hätte man da oder dort nicht die Spannung besser herausarbeiten können? Wir fragten, Schlabach antwortete. Seitdem weiß ich, dass Literatur eine handwerkliche Seite hat, über die man unterschiedlicher Meinung sein kann. Literatur ist nichts, das auf einem hohen Sockel steht. Man kann darüber streiten, man kann es so oder anders gestalten. Ein vorgegebener Text ist nichts, was sich der Kritik entzieht. Ich lernte viel, vielleicht das meiste, was ich später als Schriftsteller gebraucht habe. Dieter ging es genauso. „Schlabach hat mich stark beeinflusst", hat er mir bestätigt, als wir fast drei Jahrzehnte nach unserem Abi eines unserer wenigen Telefongespräche führten.

Fortan reifte in mir ein Entschluss. Schriftsteller wollte ich werden und dazu, weil ich von Schlabach wusste, dass man davon schlecht leben kann, Lehrer. Dann hatte man einen festen Verdienst und nachmittags Zeit zu schreiben. So habe ich es auch gemacht, während Dieter sich vornahm, Schauspieler zu werden und es ebenso durchgesetzt hat.

Ich genoss diese Zeit, war ein ganz guter Schüler, wenn ich ausnahmsweise mal eine Arbeit „Mangelhaft" schrieb (ich glaube, es kam seltener vor als auf der Realschule), schimpfte mein Vater nicht, sondern sagte: „Sieh zu, dass du das ausbügelst. Wenn du sitzen bleibst, kriegst du die Kaffeepulle unter den Arm und gehst zum Pütt."

Das war Drohung genug, und ich wusste, dass sie ernst gemeint war. Es war ohnehin ein großer Luxus, dass er mich bei dem wenigen Geld, das er verdiente, zum Gymnasium gehen ließ. Schon die normale Schullaufbahn konnten wir uns kaum leisten, jetzt kamen auch noch die monatlichen Fahrkarten hinzu, die immer teurer wurden, deshalb war ein Wiederholungsjahr, einfach weil ich faul gewesen war, wirklich nicht drin.

Also lernte ich in meinen schwächeren Fächern wie Mathe immerhin so viel, dass es für die „Zwei des kleinen Mannes" reichte, wie wir das damals nannten. Für die Vier also. Auch in diesem Fach hatte ich einen interessanten Lehrer. Reinhold Piene, den Bruder von

Otto Piene, dem Lichtkünstler, der ein Mitbegründer der Gruppe „Zero" und damit Kollege von Mack und Uecker war. Er gab mir in manchen Mathearbeiten immer noch den einen oder anderen Punkt für meinen „kreativen" Ansatz, wo andere Mathelehrer nichts verteilt hätten.

Ich hatte Lehrer, mit denen ich zufrieden war und bin. Clemens Tewinkel zum Beispiel in Latein, der motivieren konnte, der uns nicht einfach Vokabeln und Grammatik pauken ließ, sondern der einen Bildungszusammenhang zur Antike herstellte und uns auf diese Weise zeigte, warum es sich lohnte, Latein zu lernen.

Ja, und dann war da noch unsere Busfahrt, die ich mit der Zeit nicht als lästige Zeitverschwendung begriff, sondern die ich zum Anfertigen der Hausaufgaben nutzte, zum Abschreiben bei der morgendlichen Hinfahrt, wenn ich am Nachmittag vorher aus welchen Gründen auch immer nicht zu den Hausaufgaben gekommen war. Und ich lernte Heinz Kordy kennen, Bergarbeiterjunge wie ich, der aus Bergkamen stammte und schon damals den Traum hatte, später viel zu reisen. Zwei Klassen unter mir war er, jahrelang fuhren wir gemeinsam zu unserer Schule. Unglaublich eigentlich, dass wir schon mit sechzehn, siebzehn Jahren konkrete Lebenspläne hatten, die wir tatsächlich in die Tat umgesetzt haben. Ich wollte schreiben, er wollte reisen. Später haben wir unsere Pläne kombiniert. Ich reiste und reise mit Kordy viel durch Asien, durch China zumal, das er kennt wie seine Westentasche.

„Komm mal mit", hat er mich irgendwann überredet, „ich zeig dir alles und ich wette, dass du später darüber schreiben kannst."

Ich konnte es tatsächlich, nicht zuletzt dank seiner Hilfe und auch, weil seine chinesischen Freunde, die teilweise auch meine wurden, mitlasen. Ein Liebesroman ist entstanden, der in Shanghai spielt, ein Jugendroman, ein Kinderbuch, dazu ein Erzählband mit poetischen Geschichten.

Damals haben wir uns kennen gelernt, haben die Chance genutzt, die diese Schule der Spätstarter uns geboten hat und haben einen Weg gefunden, der uns weit in die Welt geführt hat.

Eine Strecke ist die kürzeste Verbindung zwischen zwei Punkten, habe ich in Mathe gelernt. Was die Kürze angeht, kann ich nicht sagen, dass sich mein Schulweg vom einfachen Überqueren einer Straße hin zur Strecke entwickelt hätte. Nein, ich musste weit fahren, um den Schulabschluss zu schaffen, den ich erreichen wollte. Am Anfang stand das Urteil eines Rektors über meine soziale Herkunft, das mich vom Kamener Gymnasium fern hielt. Trotzdem, denke ich heute, habe ich auf meine Weise kurze Wege genommen. Kurze Wege hin zur Kreativität, hin zum Anstoß von Schreiben, zum Nachdenken über Politik und zum Reisen weit in die Welt, die ich sonst nicht, zumindest nicht so erreicht hätte.

Auch aus scheinbaren Umwegen lässt sich Gewinn ziehen, habe ich gemerkt. Insofern war es gut, dass ich ein Reiseschüler wurde.

Der Wurf mit dem Schneeball

Ich wollte nicht feige sein, dieses Mal wollte ich es nicht. Obwohl meine Mutter mich immer davor gewarnt hatte, bloß nichts Leichtsinniges zu tun, nur weil irgendwer von meinen Freunden behauptete, wenn ich es nicht täte, wäre ich feige. Einmal wollte ich nicht auf sie hören.

Wir hatten das Mädchen geärgert, das stimmt. Wir hatten auf dem Schulhof unter einer Platane gestanden, die uns Schutz gab vor dem kalten Wind und ihr etwas nachgerufen, als sie nach der Mittagspause an uns vorbei zur Arbeit ging. Ich weiß nicht mehr, was wir ihr nachgerufen hatten, irgendetwas Anzügliches war es sicher gewesen, wir waren damals zwölf Jahre alt und kamen uns toll vor. Kann sein, dass Hennes damit angefangen hat, er war ein halbes Jahr älter als ich.

Sie hat tatsächlich auf unser Rufen reagiert, wir hatten es gar nicht zu hoffen gewagt. Sie war stehen geblieben, hatte uns angesehen und plötzlich zu lächeln begonnen.

Wahnsinn, dachte ich, was sind wir doch für tolle Hechte, wenn ein Mädchen wie sie unseretwegen stehen bleibt. Sie gefiel uns nämlich. Jedes Mal, wenn sie durch unsere

Straße ging, guckten wir ihr nach. Sie trug kurz geschnittenes Haar und enge Hosen, etwas, das damals noch selten war bei Mädchen. Vermutlich war es diese Besonderheit, die uns auf sie aufmerksam gemacht hatte. Ich weiß noch, dass die Szene sehr lange gedauert hat, wir unter der Platane plötzlich ganz kleinlaut und sie lächelnd vor uns. Bis ich merkte, dass sie uns nicht an-, sondern auslachte.

„Ihr halben Portionen", sagte sie schließlich, „was wollt ihr denn von einem Mädchen wie mir? Geht nach Hause und lasst euch von eurer Mama eine Tasse Kakao kochen."
Genau diesen Satz hat sie gesagt, ich habe es nie vergessen, einfach deshalb nicht, weil er nämlich stimmte. Manchmal, wenn wir unsere Spiele unterbrachen, ging ich wirklich nach Hause und bettelte bei meiner Mutter um eine Tasse Kakao. Gut möglich, dass ich deshalb errötete, jedenfalls lachte sie noch einmal laut auf, bevor sie weiterging.
Wir starrten ihr nach, wie sie an der Pferdemetzgerei Weber, danach an der Bäckerei Römer vorbeiging und schließlich in der Tür des Lebensmittelhändlers Scholz verschwand. Dort, das wussten wir, arbeitete sie seit ein

paar Monaten als Lehrmädchen. Also musste sie mindestens vierzehn Jahre alt gewesen sein, weil man damals nach dem achten Schuljahr die Volksschule verließ.

„Hast du das gehört?" Hennes war der erste, der die Sprache wieder fand. „Was die zu uns gesagt hat!"

Klar, das hätte sie nicht sagen dürfen. Nicht zu Jungs wie uns! Sie hatte unsere Ehre beleidigt.

„Das muss Rache geben", rief er.

Es war ein kalter Wintertag, wir standen unter dem Baum, überlegten, wie wir Rache nehmen sollten und merkten gar nicht, dass es anfing zu schneien. Erst als uns der Wind die Flocken ins Gesicht blies, kam uns die Idee.

„Los", rief Hennes plötzlich, „ich weiß, wie wir's machen!"

Er bückte sich, schob Schnee zusammen und presste ihn zu einem riesigen Schneeball. Ehe ich verstand, was er vorhatte, lief er schon voraus in Richtung Lebensmittelhändler. Bei Weber an der Ecke drehte er sich um und sah, dass ich stehen geblieben war.

„Los, sei nicht feige!", rief er.

Nein, das wollte ich nicht, diesmal wirklich nicht.

Bei Lebensmittelhändler Scholz kauften alle aus unserem Viertel ein, auch ich musste ein paar Mal in der Woche dorthin, um für meine Mutter oder meine Oma Besorgungen zu erledigen. Die Bergmannsfamilien aus der Zechensiedlung nebenan hätten auch gar nicht zu einem anderen Lebensmittelhändler gehen können, sie ließen bei Scholz anschreiben und bezahlten am Freitagabend, wenn die Männer mit dem Wochenlohn von der Zeche nach Hause kamen.

Anschreiben war etwas, das meine Eltern nie machten, obwohl mein Vater auch auf der Zeche arbeitete, aber Schulden passten nicht zu ihnen. So hatte ich immer abgezähltes Geld in der Hand, wenn ich Zucker, Marmelade, Erbsen oder Linsen kaufte. Manchmal bediente mich dann das Mädchen, was mir am liebsten war, weil ich sie dann ungestört angucken konnte. Die Erbsen, Linsen und Bohnen befanden sich unverpackt in großen Fächern hinter der Ladentheke. Wenn ich etwas davon kaufte, wurde es sorgfältig in einer Tüte abgewogen.

„Aufpassen!", rief Hennes, „dass uns keiner sieht." Ich blickte mich um. Die Straße lag still da, niemand war an diesem kalten Wintertag zu sehen. Hennes wies mich in seinen Plan ein. Ich sollte die Schwingtür zum Laden offen halten, und er wollte mit dem Schneeball nach dem Mädchen zielen. Der Ball würde sie treffen, dann würde der Schnee hinter die Ladentheke fallen und alles nass machen. Klar, dass sie das Wasser wegwischen müsste, so etwas war Lehrlingsarbeit. Geschähe ihr ganz recht, wenn sie wischen müsste, meinte er. Warum musste sie zwei Kerle wie uns so beleidigen.

„Du bist doch nicht feige?"

„Ne, wie kommst du darauf?"

Vorsichtig schlich ich mich zur Ladentür und lauschte, ob auch kein Kunde gerade bezahlte, um genau in dem Moment, in dem Hennes werfen würde, zur Tür zu kommen. Aber ich hörte nur die Stimme einer älteren Frau, die Käse bestellte. Mit einem Ruck drückte ich die Tür auf, Hennes stürmte nach vorn, schaute einen Moment lang in den Laden und warf dann so fest er konnte. Im selben Moment ließ ich die Tür los, sie schwang zurück und wir rannten los, hinüber zur Zechensiedlung, wo wir uns zwischen den grauen Häusern verstecken konnten.

„Hast du sie getroffen?"

Hennes zuckte mit den Schultern. „Weiß nicht. Du hast ja die Tür so schnell zufallen lassen, dass ich nichts mehr erkennen konnte. Jedenfalls habe ich in ihre Richtung gezielt."

Wir rieben uns die Hände und lachten. Das hatte geklappt. Von wegen halbe Portionen, die zu ihrer Mama laufen sollten. Sollte sie den Mist jetzt mal aufwischen.

Kurz drauf gingen wir nach Hause, wobei wir um den Lebensmittelladen einen großen Bogen schlugen. Dort sollte uns heute keiner mehr sehen.

Am anderen Tag in der Schule hörten wir, was passiert war. Die ältere Frau, die gerade Käse bestellt hatte, war die Oma eines Klassenkameraden gewesen.

„Wisst ihr, was da gestern welche bei Scholz gemacht haben?", fragte er uns in der Pause.

„Ne", antworteten wir, „was war denn da los?"

„Da haben welche mit einem dicken Schneeball in den Laden geworfen und das Fach mit den Erbsen getroffen. Man weiß ja, was dann passiert." Hennes und ich schauten uns an. Ich zuckte mit den Schultern und auch

Hennes schüttelte leicht, so dass nur ich es sehen konnte, den Kopf.

„Was passiert denn dann?", fragte ich.

„Na, du bist gut", antwortete unser Klassenkamerad. „Von der Feuchtigkeit quellen die Erbsen auf, der ganze Haufen. Die will dann keiner mehr kaufen, weil man sie nicht mehr kochen kann."

Mir brach der Schweiß aus. Mein Gott, die ganzen Erbsen! Wenn auffiel, dass wir das gewesen waren, wenn uns doch jemand beobachtet hatte, was dann?

Bei jedem Erbsenkauf überlegte meine Mutter lange, wie viel sie brauchte. Wir mussten sparsam sein und genau mit dem Geld rechnen. Und wenn wir jetzt den ganzen Haufen bezahlen mussten? Hennes schien dasselbe zu denken. Er war still geworden und wandte sich von uns ab.

Unser Klassenkamerad schien unseren Schreck nicht bemerkt zu haben. Er stieß mich an.

„Die kriegen bestimmt raus, wer es war", sagte er, „auch wenn die noch so schnell weggerannt sind." Ich nickte fahrig und ging zu meinem Platz in der Bank. An diesem Tag gelang es mir einfach nicht, mich auf den Unterricht zu konzentrieren, selbst auf Geschichte nicht, das sonst mein Lieblingsfach war. Zu Hause war alles wie immer. Meine Mutter lächelte mich an, als ich von der Schule kam. Nur am Nachmittag, als ich an meinen Schularbeiten saß und sie mich fragte, ob ich ihr eben bei Scholz etwas einkaufen könnte, sah sie mich etwas prüfend an.

Mein Gott, was waren mir an jenem Tag die Hausaufgaben wichtig und wie viel musste ich davon noch erledigen. Was für ein Lerneifer hatte mich plötzlich gepackt! Meine Mutter staunte und machte schließlich eine resignierende Handbewegung.

„Ist gut", sagte sie, „dann gehe ich eben selber."

Es folgten vier, fünf Tage, an denen ich mir alles Mögliche einfallen ließ, um bloß nicht bei Scholz einkaufen zu müssen. Mal musste ich einen Aufsatz schreiben, mal ein Bild zu Ende malen, mal Geschichtsdaten lernen. Wahrscheinlich waren es die Tage meines Lebens, an denen ich am eifrigsten gelernt habe.

Bis dann irgendwann mein Vater vor mir stand und mir eine Mark zwanzig in die Hand drückte. „Hol mir mal eine

Schachtel Zigaretten", sagte er, „du kannst dafür ruhig wieder zu Scholz gehen."

Es war eine Formulierung, die mich stutzig machte. Wieso konnte ich ruhig wieder zu Scholz gehen? Aber ich wagte nicht, ihn danach zu fragen, stumm nahm ich das Geld und ging, besser gesagt schleppte mich zu Scholz.

Es war das Mädchen, das mich bediente.

„Einmal Orienta", sagte ich. Es war die Marke, die mein Vater immer rauchte. Ich wagte gar nicht, sie anzuschauen, sondern starrte wie gebannt auf die Ladentheke.

„Die sind doch wohl nicht für dich", sagte das Mädchen und grinste. „So`n Pimpf wie du sollte besser nicht rauchen, sonst macht der sich noch in die ..."

Die ältere Verkäuferin neben ihr lachte laut auf.

„Na ja", sagte das Mädchen schließlich nach einer langen, peinlichen Pause, „ich bin mal nicht so." Sie holte eine Packung Orienta. „Geh aber sofort zu deinem Papa und bring sie ihm."

Ich antwortete nichts. Auch als ich das Geld bezahlte, schaute ich sie nicht an. So schnell wie möglich verließ ich das Geschäft. Irgendwie kam es mir so vor, als hätte ich, als die Schwingtür hinter mir zufiel, im Laden ein Lachen gehört.

Am nächsten Tag gab es bei uns Erbsensuppe. Ich schaute in das Gesicht meiner Mutter, mein Vater war noch nicht zurück von der Schicht, aber sie ließ sich nichts anmerken. Am Tag darauf gab es wieder Erbsensuppe und an den beiden folgenden Tagen auch. Als könnte nichts anderes mehr gekocht werden als Erbsensuppe, so kam es mir vor. Beim vierten oder fünften Mal schauten mich meine Eltern schmunzelnd an, sagten aber nichts. Ich beklagte mich nicht, sondern aß, was auf den Tisch kam.

Konnte man aufgequollene Erbsen doch kochen? Hatte mein Vater sie kaufen müssen, weil ich doch erkannt worden war und gab es jetzt, weil wir uns nichts anderes leisten konnten, wochenlang nur noch Erbsensuppe? Oder hatte er nur den Verdacht gehabt, dass ich einer der Täter war und wollte mich auf diese Weise strafen? Mit Erbsensuppe an mehreren Tagen, einer Strafe, der sich auch meine Eltern unterzogen. Ich weiß es nicht. Ich schwieg und war wieder das, was meine Mutter mir empfohlen hatte. Ich war feige und löffelte meine Suppe aus. Tagelang.

Die versteckten Ostereier

Meine Oma liebte die Ordnung. Decken mussten bei ihr immer in gleicher Länge über die Tischkante hängen, Kissen mit tiefer Kerbe genau in der Mitte auf ihrem Sofa stehen. Ich besuchte sie, meine Tante, meinen Onkel und vor allem Kusine Vera an jedem Osterfest.

Vera und ich hatten ein besonderes Hobby. Wir versteckten gerne Ostereier, die gefärbten und die aus Schokolade. Ich liebte weich gekochte Eier, weil die mir am besten schmeckten, Vera blau bemalte, weil blau ihre Lieblingsfarbe war.

An einem Osterfest gaben wir uns besondere Mühe, die Eier gut zu verstecken. Weil Vera die Verstecke in der Wohnung ihrer Eltern, meiner Tante und meinem Onkel, alle kannte, schlich ich mich in das Wohnzimmer meiner Oma und versteckte dort einige. Vera machte es genauso. Auch sie hielt sich in den Zimmern unserer Oma auf. Wir suchten lange, bis wir unser Körbchen voll hatten. Zum Schluss auch im Wohnzimmer unserer Oma, die es mit Stirnrunzeln beobachtete.

„Bringt mir aber nichts durcheinander!", rief sie.

Am Ende waren die Körbchen wie immer gleich voll, allerdings hatte ich ein gekochtes Ei weniger als Vera, dafür fehlte bei ihr ein Schokoladenei. Wir dachten uns nichts dabei, unsere Eltern mussten sich ausnahmsweise verzählt haben. Das glaubten wir, bis wir plötzlich Onkel Herberts lauten Schrei hörten. Er war in das Zimmer unserer Oma gegangen, hatte sich aufs Sofa gesetzt und beim Aufstehen mit einer Hand auf der Sitzfläche abgestützt. Mit angewiderter Miene stand er vor dem Sofa und hielt seine rechte Hand hoch. Eigelb tropfte herab, Eierschalen hingen an der Handfläche. Kein Zweifel, er hatte beim Aufstehen in das Osterei gegriffen, das wir beim Suchen übersehen hatten. Unsere Oma wollte gerade mit uns schimpfen, weil wir ja ihre Ordnung durcheinander gebracht hatten, da zwang sich Onkel Herbert zu einem Lachen.

„Lass mal, Mutter, ich wasch mir die Hand ab. Aber die beiden da" – dabei zeigte er auf Vera und mich – „wischen natürlich den Boden sauber."

Wir atmeten auf und wischten besonders gründlich. Hatten die Erwachsenen doch genau gezählt? Um Gottes Willen, dann musste irgendwo noch ein Schokoladenei rum liegen, das Vera nicht gefunden hatte. Aber bevor wir uns auf die Suche machen konnten, war die Katastrophe schon passiert. Unsere Oma ging mit ihrem feinen, dunkelgrauen Kleid, das sie nur zu Festtagen anzog, an uns vorbei. In Höhe ihres verlängerten Rückens prangte ein dicker, brauner Fleck. Vera und ich sahen es gleichzeitig. Vor Schreck hielten wir den Atem an.

Da war es, Veras Schokoladenei! Oma hatte sich darauf gesetzt und es bebrütet, bis es Matsche war. Um Gottes Willen, wenn das auffiel! Vera stieß mich an.

„Los, wir müssen suchen, wo der Fleck herkommt."

Wir hatten die Lösung schnell gefunden. In Omas Ledersessel hatte ich das Ei versteckt. Blöde Vera, hätte sie es nicht finden können? Aber jetzt gab es nur noch eines. Zusammenhalten und die Spuren verwischen.

Vera holte einen nassen Waschlappen. Sorgfältig wischten wir die Schokoladenspuren von Omas Ledersessel. Danach reinigten wir auch noch den Waschlappen. Zwischendurch lief unsere Oma wieder an uns vorbei. Der braune Fleck auf ihrem Kleid schien noch größer geworden zu sein. Vera fing plötzlich an zu kichern. Unsere Oma drehte sich um.

„Ist was?"

Vera konnte sich kaum noch halten vor Lachen.

„Ne, Oma, alles in Ordnung", keuchte sie.

Gut zwei Stunden lief unsere Oma mit dem braunen Fleck am Po durch die Räume, dann entdeckte ihn Tante Klara.

„Wie siehst du denn aus?", rief sie.

Unsere Oma hatte uns gleich in Verdacht, wütend schaute sie uns an.

„Wenn es die Kinder waren, haben wir es schnell raus", sagte Tante Klara. „Dann muss irgendwo auf einem Möbel der Restmatsch von einem Schokoladenei und Silberpapier sein."

Sie suchten überall danach, fanden aber nichts.

„Na siehst du", sagte Tante Klara, „selbst ein Mensch wie du, der so sehr auf Ordnung achtet, merkt manchmal nicht, wenn er sich eine beschmierte Hand am Kleid abwischt."

Meine arme Oma, wir sahen ihren traurigen Blick. Ausgerechnet sie sollte unordentlich sein? Ein Weltbild brach bei ihr zusammen. Sie erwiderte nichts. Aber Tante Klaras Erklärung hat sie trotzdem nicht geglaubt. Wir merkten es daran, dass beim nächsten Osterfest die Tür zu ihrem Wohnzimmer fest verschlossen war.

Der Schuss durch das Fenster

Er hat große Fußballspiele gesehen, der alte Sportplatz unseres VfL, der eingerahmt von Siedlungshäusern im Zentrum unserer Stadt lag.
Ich bin oft dorthin gegangen, habe die dreißig Pfennig Eintritt bezahlt und auf dem Gras bewachsenen Erdhügel, der sich an der Seitenlinie entlang zog, gestanden. Von dort oben hatte man einen guten Überblick über das Spielfeld, den besten Überblick aber hatten die Anwohner, die von den Fenstern der umliegenden Siedlungshäuser aus die Spiele beobachteten. Sie standen bei Regen im Trocknen, konnten alles sehen und mussten nicht einmal Eintritt bezahlen. Dem Vereinsvorstand waren diese Zaungäste natürlich ein Dorn im Auge, aber was sollte er dagegen unternehmen? Er konnte ja nicht verlangen, dass die Fenster geschlossen blieben.
Einmal wäre einer dieser Zaungäste beinahe aus einem der Fenster gefallen. Bei einem Elfer unseres Strafstoßspezialisten Heine Glas war das, als er sich zu weit heraus lehnte. Heine war ein sicherer

Elfmeterschütze, denn er hatte einen Silberblick und konnte in aller Ruhe die Ecke anpeilen, in die er den Elfer schießen wollte, ohne dass der Torwart auch nur ahnen konnte, wohin Heine gerade schaute. Vor lauter Aufregung, weil Heines Elfmeter kurz vor Spielschluss über Sieg oder Unentschieden entscheiden musste, hat sich der Mann zu weit vorgebeugt und das Gleichgewicht verloren. Er hing halb aus dem Fenster und ruderte wild mit den Armen, um das Gleichgewicht zurück zu gewinnen, da packte ihn im letzten Moment eine Hand am Kragen und riss ihn zurück ins Zimmer. Alle hatten den Atem angehalten, selbst Heine hatte seinen Jubel über den verwandelten Elfmeter unterbrochen und zum Fenster hoch geschaut. Die Erleichterung über die glückliche Rettung wich aber schnell einem schallenden Gelächter. Geschah dem Mann ganz recht, dieser Schreck. Warum stand er dort oben im Trocknen und drückte sich vor dem Bezahlen des Eintrittsgeldes?

Irgendwann war in eines der Häuser eine Familie eingezogen, die mit Fußball nichts zu tun haben wollte. Vielleicht war sie aber auch gar nicht neu eingezogen, sondern hatte schon immer dort gewohnt, und sie fiel uns erst auf, als Aki Schäper aus der zweiten Mannschaft in die erste aufrückte und bei uns auf Linksaußen stürmte. Aki hatte einen Mordsbums, konnte von dreißig Metern abziehen und den Torwart, wenn er den Ball richtig traf, gleich mit ins Tor befördern. Allerdings klappte das nicht immer, Aki hatte nämlich viel Kraft aber wenig Technik. Viele Bälle rutschten ihm über den Spann, flogen hoch über das Tor und blieben im Fangzaun hängen.

Eines Nachmittags schaffte Aki seinen ersten Schuss, der nicht nur weit über das Tor, sondern auch noch hoch über den Fangzaun flog. Krachend prallte er gegen ein Fenster des dahinter liegenden Hauses. Im selben Moment wurde es aufgerissen, ein Mann erschien im Fensterrahmen, schimpfte und drohte mit der Faust. Die Szene wiederholte sich von da an ein paar Mal in den folgenden Wochen. Aki schoss hoch über den Fangzaun, der Ball knallte gegen die Fensterscheibe, immer erschien der Mann mit hochrotem Kopf im Fenster und beschuldigte diesen oder jenen aus unserer Mannschaft, niemals aber Aki Schäper, der unglaublich unschuldig gucken konnte.

Aber irgendwann passierte, was unvermeidlich war. Aki zog ab, wir freuten uns schon auf den Wutanfall, da durchschlug der Ball mit voller Wucht die Scheibe. Klirrend flogen die Splitter in den gepflasterten Hof. Erst jetzt begannen wir uns darüber zu wundern, dass das nicht schon viel früher passiert war. Jetzt, dachten wir, wird der Mann noch lauter rumbrüllen und wer weiß wen beschuldigen, aber nichts dergleichen geschah. Hinter dem Fenster mit der kaputten Scheibe blieb es ruhig. Ein, zwei Minuten verharrten Zuschauer, Spieler und Schiedsrichter in völliger Ruhe und starrten nur ungläubig auf das Fenster, dann kam Unruhe auf. Der Ball, wo blieb denn der Ball? Wir wollten ihn zurückhaben, schließlich musste das Spiel weitergehen. Aber nichts geschah, kein schimpfender Mann, kein Ball, der zurück aufs Spielfeld flog.

Einen Ersatzball hatten wir natürlich nicht sofort zur Hand, auf so einen Fall war unser Verein nicht vorbereitet. Aber schließlich flog doch ein Ball, von einem Vorstandsmitglied geworfen, auf den Platz. Wir atmeten auf, das Spiel konnte weitergehen. Sollte dieser merkwürdige Mann doch vorerst den anderen Ball behalten, was ging das uns an? Das Spiel lief schon wieder drei, vier Minuten und wir hatten den Vorfall schon fast vergessen, da geschah etwas ganz Unglaubliches. Eine Frau drängte sich zwischen den Zuschauerreihen hindurch auf den Platz. Sie störte sich nicht an das Spiel, sondern ging nur stumm immer weiter auf den Platz und hielt dabei eine Tortenplatte in der Hand. Und darauf befand sich – wir brauchten einen Moment, um es wirklich zu begreifen – eine völlig zermatschte Torte. Ich glaube, es war Schwarzwälder Kirsch, aber so genau ließ sich das nicht mehr erkennen. Die Frau sagte nichts, sie stand nur mitten auf dem Spielfeld, die Tortenplatte in der Hand. Ein stummer, erschütternder Vorwurf, der alle betroffen machte. Deshalb bedurfte es auch keines Pfiffes des Schiedsrichters, um das Spiel zu unterbrechen, nach und nach hörten alle von selbst auf zu spielen und blickten verlegen auf den Rasen, am peinlichsten berührt von allen war Aki Schäper. Niemand sagte ein Wort, die meisten dachten wahrscheinlich an die eigene Torte, die nach dem Spiel zu Hause auf sie wartete. Denn das gehörte für die meisten unabdingbar zu den Sonntagnachmittagen. Zuerst das Fußballspiel unseres VfL ansehen und danach zu Hause die Tasse Kaffee mit einem Stück Kuchen folgen lassen. Vermutlich gab es niemanden mehr, der kein Verständnis für die Lage der Frau hatte. Wehe, Aki Schäper hätte in ihre Torte geschossen!

Am Ende sind ein paar Männer aus unserem Vorstand zu der Frau gegangen, haben beruhigend auf sie eingeredet und sie sanft und verständnisvoll nickend vom Platz geführt. Vermutlich haben sie ihr eine Ersatztorte für den nächsten Sonntag versprochen. Und natürlich eine neue Fensterscheibe.

Das Spiel haben wir Gott sei Dank doch noch gewonnen, aber eine Folge hatte es trotzdem. Aki Schäper spielte fortan zurückgezogen im Mittelfeld, von wo aus er nur noch selten aufs Tor schießen konnte. Gut möglich, dass unser Vorstand im Laufe der Woche gemerkt hatte, wie teuer Schwarzwälder Kirschtorte war.

Der Blick meiner Großmutter

An kalten Winterabenden schlich ich mich gerne in das Zimmer meiner Großmutter, die nach dem Abendbrot bei Dunkelheit am Fenster saß und hinaus auf die Straße schaute. Ab und an bewegten sich dort schemenhaft Schatten vorbei.

Sie war in ihren letzten acht Lebensjahren Witwe, nachdem ihr zweiter Mann, den ich Opa nannte, der es aber gar nicht wirklich war, an Silikose gestorben war. Die Todesursache bei vielen Bergleuten in meiner Kindheit.

Seit dem Tod meines Opas liefen ihre Abende, abgesehen von den seltenen Familienfesten, immer gleich ab. Sie saß in ihrem Zimmer am Fenster und starrte hinaus auf die Straße.

„Na, bist du mal wieder gekommen?", sagte meine Großmutter, wenn ich ohne anzuklopfen eintrat. Sie machte auch für mich kein Licht an, obwohl sie wusste, dass ich mich vor der Dunkelheit fürchtete, sondern stand auf und öffnete die Ofenklappe. Die Flammen des Herdfeuers züngelten an der Wand über ihrem Bett und verschafften mir ein wohliges Gefühl.

Meine Oma schob anschließend einen Apfel in den Backofen, und während er langsam warm und weich wurde, erzählte sie irgendeine Geschichte aus ihrem Leben. Wie sie als junges Mädchen beinahe verblutet wäre, weil sie im Schlaf gar nicht bemerkt hatte, dass sie aus der Nase blutete. Wie das Blut schon einen riesigen Flecken auf dem Unterbett hinterlassen hatte, als meine Oma noch rechtzeitig von ihrem Vater gefunden wurde. Das wohlige Gefühl, das die Flammenzungen auf der Wand hervorriefen, konkurrierte mit der Angst um das Leben meiner Oma.

In ihren letzten Jahren erzählte sie plötzlich Geschichten von meinem richtigen Opa, der einen Frisörsalon unterhalten hatte, gerade in dem Zimmer, in dem sie nun wohnte. Hatte sie es von sich aus getan oder hatte ich nach ihm gefragt? Ich weiß es nicht mehr. Sie beschrieb mir den Frisörsalon meines Großvaters. Dort, wo sich jetzt ihr Ofen befand, hatten die Spiegel an der Wand gehangen, davor hatte der Frisierstuhl gestanden. Rechts von der Eingangstür, in der Nähe des Fensters, hatte das Schränkchen mit den Parfümerien und dem Rasierwasser gestanden.

Es hatte drei Frisöre in unserer Straße gegeben, erzählte meine Oma, aber mein Opa wäre der beste gewesen. Die Lehrer aus der Schule gegenüber und auch der Pastor, der in dem Häuschen neben der Kirche wohnte, wären immer zu ihm gekommen, um sich den üblichen Fassonschnitt verpassen zu lassen, niemals zu den beiden anderen.

Ich war begierig, Geschichten von dem Mann zu erfahren, von dem ich viele Jahre lang gar nicht gewusst hatte, dass es ihn gegeben hatte. Mein Interesse an diesem Opa Wilhelm richtete sich dabei gar nicht gegen jenen Opa Fritz, der mich als kleiner Junge oft mitgenommen hatte, wenn er am Postteich auf einer Bank unter der großen Weide bei einer Flasche Bier seine Freunde traf, der mir auf dem Rückweg manchmal ein Eis kaufte und damit das für mich war, was man sich unter einem Opa vorstellt. Aber meine Oma sprach nur zögernd über ihren ersten Mann, den Vater ihrer vier Kinder. Sie behielt eine merkwürdige Scheu davor, die ich nicht verstanden habe. Sie musste doch ein Interesse daran haben, dass ich ihn kennen lernte, meinen richtigen Opa. Dass etwas von ihm weiterlebte in mir. Nur dass er ein verträglicher Mann gewesen sei, betonte sie ein paar Mal.

Verträglich hat er auch wirklich sein müssen, mein Opa, sonst hätte die Ehe mit meiner Oma niemals klappen können. Sie war nämlich zänkisch, beharrte immer auf ihrem Recht und ließ Ausnahmen, selbst wenn sie sich nur wenig gegen ihre Interessen richteten, nicht zu. Wenn es sein musste, konnte sie laut werden, um das einzufordern, was sie für ihr Recht hielt. Es gab ein untrügliches Anzeichen, das ihren Ärger ankündigte. Sie ließ dann die Unterlippe hängen. Es war kein Schmollmund, der ja im Augenblick des Ärgers schon auf Versöhnung abzielt, sondern ein Ausdruck, der herrisch und unversöhnlich wirkte.

Sie trank in jenen Jahren gerne Wein, hatte abends immer ein Gläschen auf der Fensterbank stehen und nippte daran, wenn sie meinte, dass ich es nicht bemerken würde. Eine überflüssige Vorsicht, denn schließlich war ich es gewesen, der ihr den Wein bei Lebensmittelhändler Scholz um die Ecke kaufen musste. Jedes Mal, wenn sie mir das Geld gab, ermahnte sie mich, es nur ja nicht meinen Eltern zu verraten. Aber die wussten, selbst wenn ich mich gebückt unter dem Küchenfenster her über den Bürgersteig schlich, auch so, was ich da verborgen in der Einkaufstasche ins Zimmer meiner Oma trug. Eine Flasche Badener Wein nämlich, lieblich, zum Preis von einer Mark dreißig, dazu zwanzig Pfennig fürs Holen für mich. Damals ein stattlicher Preis, aber sie konnte es sich erlauben bei ihrer Rente.

Sie hatte schon früher, zur Zeit ihrer beiden Ehen, Likör getrunken, wogegen ihre Söhne, mein Vater, der das Haus geerbt hatte, aber auch die beiden Brüder, wenn sie zu Besuch kamen, protestierten. Wahrscheinlich tat sie deshalb alles, um vor mir den Eindruck, dass sie gerne trank, zu vermeiden.

Vor allem vor ihrem ältesten Sohn, einem Maschinensteiger, dem sie das Geld für ein Lehrerstudium, das er gerne begonnen hätte, verweigert hatte, schien sie großen Respekt zu haben. Er war ein milder Mann, der seine Kritik selten, aber wenn, dann in deutlichem Tonfall mit einem Anflug von Enttäuschung in der Stimme vorbrachte. Vielleicht erinnerte er sie in diesen Momenten an ihren ersten Mann, an meinen richtigen Opa, der sie vielleicht auch auf diese milde, aber klare Weise ermahnt hatte. Wie meinen Onkel Fritz, nur älter, so stellte ich mir meinen Opa vor.

Nach einiger Zeit war der Apfel gebacken, meine Oma holte ihn mit einem Tuch aus dem Backofen, legte ihn auf einen Teller und gab ihn mir. Ich musste erst ein paar Mal pusten, bevor ich hineinbeißen konnte. Süß schmeckte der Apfel, weich und warm. Meine Oma trank in diesem Moment, während meine Aufmerksamkeit auf den Apfel gelenkt war, einen Schluck Wein. Eine vergebliche Hoffnung, dass ich es nicht bemerken würde.

Eines Nachts gab es ein lautes Rufen im Haus. Meine Oma hatte es mit dem Weintrinken übertrieben, sie war zwischen Küchentisch und Bett gestürzt, als sie zur Toilette gehen wollte, war eingeklemmt und konnte sich nicht mehr alleine befreien. Sie schrie, bis auch ich wach wurde.

Mein Vater begriff sofort, als er sie sah, was passiert war. Er schickte mich aus dem Zimmer, aber nur, um mich kurz darauf zurückzurufen. Er schaffte es nämlich nicht, sie alleine hochzuziehen. „Muss das denn sein", schimpfte mein Vater, während wir sie aus ihrer misslichen Lage befreien, „kannst du denn nie damit aufhören? Und dann noch vor dem Jungen."

Meine Oma antwortete nicht, sie zeigte nur ihre herabhängende Unterlippe.

Lange Zeit habe ich nicht gewusst, wie zänkisch sie war. Die Streitereien, die sie mit meinen Eltern hatte, weil ihr das Mittagessen nicht schmeckte, weil sie nach dem Essen nicht beim Spülen helfen wollte, wurden mir so gut wie möglich verschwiegen. Rechtzeitig wurde ich immer zum Spielen auf den Hof geschickt.

Zu mir dagegen war meine Oma immer nett. Ich war ihr letztes, ihr achtes Enkelkind, noch im selben Jahr, als ich geboren wurde, wurde sie zum ersten Mal Urgroßmutter. Dazu hatte mein Vetter Friedhelm sie gemacht, der einzige Sohn ihrer im Krieg durch Artilleriebeschuss tödlich verletzten Tochter. Friedhelm war Vater geworden, obwohl er gerade mal siebzehn Jahre alt gewesen war. Dazu beigetragen hatte bestimmt, dass neben seiner Mutter auch sein Vater an dem Artilleriebeschuss gestorben war, dass er also früh alleine im Leben stand und sich nach einer Familie sehnte. Von all meinen Vettern und Kusinen hatte ich zu ihm den wenigsten

Kontakt. Nur zu wichtigen Familienfeiern besuchte er meine Oma, sonst mied er das Haus.

Von seiner Mutter, meiner Tante also, die ich nie kennen gelernt habe, wurden böse Geschichten erzählt. Mit allen Nachbarn hatte sie Krach gehabt, zeigte diesen wegen Schwarzschlachtens an, beschuldigte jenen, sie bestohlen zu haben, forderte dauernd ihr Recht und rief laufend nach der Polizei.

Lange habe ich nicht verstanden, warum mir gerade von dieser Tante so viele Geschichten erzählt wurden, bis ich begriff, dass es gar keine Geschichten über meine Tante waren. Es waren verkappte Geschichten über meine Oma. So zänkisch wie Tante Hedwig, sollte das heißen, war auch meine Oma. Wie die Mutter so die Tochter, während die Söhne auf ihren Vater rauskamen. Ob das nicht ein bisschen zu einfach war?

Mir hat meine Oma für jeden Einkauf ein paar Pfennige geschenkt, sie hat mir liebevoll den Kopf gestreichelt und im Winter Äpfel gebacken.

„Wirst du mich auch besuchen, wenn ich auf dem Friedhof liege?", fragte sie mich eines Tages. Die Frage kam ganz unvermittelt, sie hatte vorher nie über ihren Tod gesprochen. Überrascht sah ich sie an. Ihr Gesicht hatte sich verzerrt, es zeigte so viele Falten, wie ich sie bei ihr noch nie gesehen hatte. Ihre Lippen waren schmal geworden, und es war in diesem Moment unvorstellbar, sie sich mit herunterhängender Zorneslippe vorzustellen.

„Wirst du mich auch nicht vergessen und mal zu meinem Grab kommen?"

Ihre Stimme war brüchig und zitterte. Schnell wandte sie das Gesicht ab, griff nach dem Weinglas und trank einen Schluck, ohne sich die Mühe zu geben, es vor mir zu verbergen. Ich habe schnell geahnt, was sie bewegte, obwohl ich erst elf Jahre alt war.

„Ich werde dich nie vergessen, Oma", sagte ich. „Ich werde ganz oft an dein Grab kommen, mein Leben lang."

Sie konnte nichts mehr antworten, strich mir nur über den Kopf und schenkte sich Wein nach.

Diese Fragen begleiteten von nun an unsere Winterabende.

„Wirst du auch manchmal an mich denken? Wirst du mich auf dem Friedhof besuchen?"

Ihr Gesicht verzerrte sich jedes Mal, irgendwann kullerten Tränen über Wangen. Sie wischte sie nicht weg, sondern ließ sie einfach laufen. Sie trank auch keinen Schluck Wein dazu, sondern sah mich mit leerem Blick an und erwartete meine übliche Antwort.

„Ich werde immer an dich denken."

Es ist längst platt gemacht worden, das Grab meiner Oma, aber ich habe die Stelle, wo es sich befand, neulich gefunden. Ich wusste noch, dass es direkt vor einem Strommasten am Rande des Friedhofs gelegen hatte und orientierte mich daran. Ich hatte mich aufgemacht, es zu suchen, weil mir ganz unvermittelt, mitten im Alltagsgeschehen, ihr vom Weinen verzerrtes Gesicht eingefallen war. Da habe ich mich aufgemacht, die Stelle zu suchen und habe sie tatsächlich gefunden.

Wenn ich seitdem über die Ausfallstraße von Kamen nach Bergkamen zu meiner Arbeit fahre, sehe ich in der Ferne den Masten und denke an sie.

Ich glaube, meine Mutter war es schließlich, die am häufigsten zu ihrem Grab gegangen ist und es gepflegt hat, obwohl gerade sie es war, mit der meine Oma am häufigsten gestritten hat. Aber meine Mutter kam aus bäuerlichem Haushalt, sie lebte in anerzogenen Traditionen, für sie war es selbstverständlich, die Gräber der Elterngeneration zu pflegen. Eine Einstellung, die schon lange verloren gegangen ist. Woher sonst die vielen anonymen Urnenbestattungen, das Ausstreuen der Asche über dem Meer?

Es konnte nur das faltige, Tränen überströmte Gesicht meiner Oma sein, das die Erinnerung auslöste, denke ich heute. Über all die Jahre und Jahrzehnte hinweg hat es mich unbewusst begleitet und wurde genau in dem Augenblick wieder lebendig, in dem mir das eigene Älterwerden bewusst wurde. Ihr Wunsch hat sich doch noch erfüllt, merke ich. Ich habe sie nicht vergessen und denke an sie.

Und vor allem spüre ich wieder den Geschmack des Backapfels in meinem Mund, süß, weich und warm.

Meine Paten

Der Priester sammelte die Familien der drei Täuflinge im Eingangsbereich der Kirche. Er ließ uns zusammen ein Lied singen und fragte anschließend die Eltern nach den Namen der Täuflinge und was sie sich von der Kirche erbäten. Ihre Tochter heiße Sina, antworteten meine Nichte und mein Neffe und sie erbäten sich die Taufe. Erst nachdem alle drei Elternpaare seine Fragen beantwortet hatten, wurden die Täuflinge in die Kirche getragen.

Ein schöner Symbolakt, wie ich fand. Sichtbar wurden die Kinder in die Kirche, in die Glaubensgemeinschaft, getragen, die Taufe selbst mit den Einsetzungsworten rundete diesen Vorgang ab. Meine Frau war eine von vier Paten, die Sina bekam. Wir alle wurden nach vorn zum Taufbecken gerufen, ich stützte meine 87jährige Schwiegermutter, die miterleben durfte, wie ihr erstes Urenkelkind getauft wurde und fing plötzlich an zu überlegen, wer eigentlich meine Paten gewesen waren. Es war ein Gedanke, den ich lange nicht gehabt hatte und so fiel es mir tatsächlich schwer, mich daran zu erinnern.

Erst als ich wieder in der Kirchenbank saß und die Taufe der beiden anderen Kinder beobachtete, fiel es mir ein. Mein erster Pate war mein Großvater, war „Opa Zippan", wie ich ihn nannte, der zweite Mann meiner Großmutter und der Nachfolger jenes Wilhelm Peuckmann, der noch während des Ersten Weltkriegs im Alter von 39 Jahren an der spanischen Grippe gestorben war. Vier Kinder hat er meiner Großmutter hinterlassen, und sie wird froh gewesen sein, dass sich der Kostgänger, der in unserem Haus Rottstraße 3 wohnte und mit seinem Geld die Haushaltskasse aufbesserte, für sie zu interessieren begann. Sie hat ihn geheiratet und hat tatsächlich, schon weit über vierzig Jahre alt, noch mal ein Kind bekommen, einen Sohn, der aber schon nach einer Woche starb.

Über dieses Kind wurde nicht gern in meiner Familie geredet. Hätte es überlebt, wäre der Familienbesitz der Peuckmanns, der inzwischen an mich weitergegangen ist, in die Familie Zippan gewandert, wurde allseits vermutet.

So blieb Friedrich Zippan, der als Maurer auf der Zeche arbeitete, nur das Eintauchen in die Peuckmann-Familie. Seine eigene Familie, Geschwister und Eltern, wohnten weit entfernt in Rauen an der polnischen Grenze, meine

Großmutter ist einmal dorthin gefahren, kam aber frühzeitig wieder und sprach danach nie wieder über ihre Zippan-Verwandtschaft. Der Streit, den es – wer weiß, worum – gegeben hatte, muss nicht unbedingt auf die Zippans zurückzuführen sein. Es war nicht einfach, mit meiner Großmutter auszukommen.

Mein Vater hat wenig über seinen Stiefvater erzählt. Er ist als zweitjüngstes Kind meiner Oma wohl nicht gut mit ihm ausgekommen, vielleicht hat er seinen Vater vermisst, der starb, als er erst zehn Jahre alt war. In den langen Jahren seiner Arbeitslosigkeit nach dem „schwarzen Freitag" 1929 ist er Friedrich Zippan zur Last gefallen. Es wurde bei ihm an Essen gespart, und er musste sich, wenn der Hunger übermächtig wurde, heimlich in den Hühnerstall schleichen, um dort ein Ei roh zu schlürfen. Er hat es mal meiner Mutter erzählt, nicht mir.

Vielleicht war dieser Stiefvater ihm gegenüber wirklich geizig, vermutlich aber nicht, denn auf der Zeche hat er selber wenig Geld verdient. Dass er einen seiner Stiefsöhne noch als über Zwanzigjährigen versorgen musste, hat ihn vermutlich gestört und er hat die Notlage, keine Arbeit zu finden, ihm und nicht der Wirtschaftskrise angelastet. Mit der Zeit muss mein Vater die Demütigungen vergessen haben, denn er hat ihn immerhin zum Paten seines einzigen Sohnes gemacht.

Mein Vetter Willi, der älteste Sohn des wiederum ältesten Sohnes meiner Großmutter, hatte nur gute Erinnerungen an Fritz Zippan. Ein feiner Mensch sei er gewesen, urteilte er, wenn wir über unsere Familie sprachen, zurückhaltend und immer bescheiden. Das deckte sich mit meinen Erinnerungen.

Er war schon Rentner, als ich zur Welt kam und als ich laufen konnte, hat er mich oft mitgenommen zu den Treffen mit seinen ehemaligen Arbeitskollegen am Postteich in Kamen. Da haben sie dann unter einer Weide gestanden, haben miteinander geredet und eine Flasche Bier getrunken. Ich war dabei, beobachtete, wie die Fische sprangen, wie die Enten auf der kleinen Insel saßen und bekam stets ein paar Bonbons gereicht. Meine Mutter hat es bestimmt entlastet, dass ich für ein, zwei Stunden unter seiner wachsamen Aufsicht aus dem Haus war, sie konnte dann ungestört waschen, kochen oder Gartenarbeit verrichten. Ich weiß, dass ich ihn bei unseren Spaziergängen hin zum Teich und zurück nach

Hause viel gefragt habe. Was ich dabei von ihm wissen wollte, weiß ich nicht mehr, ich war damals erst vier Jahre alt, aber es wird bestimmt wichtig gewesen sein. Nur eine seiner Antworten ist mir in Erinnerung geblieben. Da hat er mir widersprochen, weil ich Tigern und Raubkatzen, die ich von den Zirkusbesuchen in unserer Stadt kannte, zutraute, sich mit Leichtigkeit aus Holzkäfigen befreien zu können.

Holz sei auch fest, hat er widersprochen. Ein Holzkäfig sei für den Anfang auch sicher, selbst wenn ein Tiger darin eingesperrt sei. Ein kindliches Gespräch und ich weiß wirklich nicht, warum es mir im Gedächtnis geblieben ist. Das Gehirn fragt nicht nach Bedeutung. Es speichert nach eigenen Kriterien ab.

Manchmal bekam er Besuch von einem früheren Arbeitskollegen, der an der Tür klingelte, der aber, wenn mein Opa ihm öffnete, selten ins Haus kam. Meistens sprachen die beiden vor unserem Haus an der Rottstraße miteinander. Und zur Begrüßung, weil ich mich darüber erschreckte, taten die beiden so, als wolle der Kollege meinen Großvater verhauen. Er packte ihn am Kragen, schüttelte ihn und ich schrie, dass er ihn loslassen solle.

Mein Opa hätte ihm doch nichts getan. Die beiden empfanden dieses Spiel als lustig, ich mit der Zeit auch.

Ich war noch keine fünf Jahre alt, als er gestorben ist. Vierzehn Tage vor meinem Geburtstag lag er aufgebahrt im Wohnzimmer meiner Großeltern. Meine Mutter war zu mir in den Hof gekommen, wo ich gerade ganz allein für mich spielte und hat mir schonend von seinem Tod berichtet. Ich kann mich bis heute an ihr betroffenes Gesicht erinnern. Er war der erste Tote, den ich gesehen habe. Ich war nicht auf den Anblick vorbereitet, habe ihm die kalte Wange getätschelt und gerufen, er sei gar nicht tot, sondern schlafe nur. Das war ein Satz, der lange in unserer Familie erzählt worden ist. Wenn es doch nur so einfach wäre mit dem Tod!

Ich bin oft mit meiner Mutter zu seinem Grab gegangen, sie hat stets für frische Blumen gesorgt und noch heute, wenn ich zur Trauerhalle auf dem Kamener Friedhof gehe, schaue ich nach rechts hinüber, wo sich inzwischen eine kleine Wiese befindet. Dort irgendwo, denke ich dann, liegt er, mein Opa und Pate Fritz Zippan, an den außer mir niemand mehr denkt. Es ist ein spurenlos verwehtes Leben, das er geführt hat. Nur in Rauen, habe ich mal im Internet nachgeschaut, gibt es noch Leute mit seinem Namen. Verwandte vermutlich, aber sollte ich mich bei ihnen melden? Natürlich nicht, es ist, selbst wenn meine Vermutung stimmen sollte, kaum damit zu rechnen, dass sie sich an diesen Onkel oder Großonkel erinnern werden. Was sollte es anderes werden als ein peinliches Gespräch?

Meinen anderen Paten habe ich nie kennen gelernt. Onkel Richard war das, der Mann der ältesten Schwester meiner Mutter, der aus Schlesien ins Ruhrgebiet gekommen war, weil es hier Arbeit auf der Zeche gab. Eine typische Karriere für die Zeit Anfang des zwanzigsten Jahrhunderts. Sechzehn Jahre lang war er mit meiner Tante verheiratet, ohne dass sich Nachwuchs einstellte, dann endlich kam mein Vetter Richard zur Welt. Er muss die Verantwortung für dieses späte, kaum noch erwartete Glück sehr stark gespürt haben, jedenfalls hat er zwei Jahre nach meiner Taufe – vermutlich aus dieser Verantwortung heraus – einen folgenschweren Fehler begangen. Ausgerechnet an seinem Geburtstag hat es auf seiner Zeche „De Wendel" in Wiescherhöfen, heute einem Ortsteil von Hamm, angefangen zu brennen.

Freiwillige wurden gesucht, die mit Sandsäcken die Brandstelle abdichteten und so den Brand zu ersticken halfen. Wenn es nicht gelang, drohte eine Schlagwetterexplosion. Mit doppeltem Lohn wurden die Bergleute geködert und mein Patenonkel hat sich tatsächlich locken lassen. Es muss gerade Sandsäcke am Brandherd niedergelegt haben, als es doch zu der folgenschweren Explosion kam. Mein Vater hatte gleichzeitig Schicht auf Zeche Heeren, gut zehn Kilometer entfernt, und er hat das Beben der Erde deutlich gespürt. Als er ausfuhr, hat er gleich gefragt, was passiert sei. „Schlagwetterexplosion auf De Wendel", haben seine Kollegen geantwortet und mein Vater hat gleich die richtige Befürchtung gehabt: „Dann ist mein Schwager dabei."

Er selbst, da bin ich mir sicher, wäre nie dabei gewesen. Wo es unkontrolliert gefährlich wurde, hat sich mein Vater zu keiner unbedachten Tat verführen lassen, eine Eigenschaft, die ich von ihm übernommen und hoffentlich an meine Söhne weitergegeben habe. Verantwortung übernehmen ja, aber wo eine unkontrolliert gefährliche Situation abläuft, sind wir nicht mehr dabei.

Von meinem Patenonkel sei nichts mehr gefunden worden, nicht mal ein Bluttropfen, betonte mein Vater manchmal. Als die achtzehn Särge auf dem Zechenvorplatz von „De Wendel" zur Trauerfeier bereit standen, als meine Tante weinend in der ersten Reihe der Trauernden saß, war der Sarg meines Onkels vermutlich leer. Dreißig Jahre lang hat meine Tante aufopfernd ein Grab gepflegt, in dem sich nichts vom Körper ihres Mannes befand. Eine unglaubliche Vorstellung, wenn ich daran denke und einmal, in meinem Roman „Flucht in der Berg", habe ich diese beklemmende Vorstellung in die Handlung eingebaut. Wenn ich diese Stelle bei einer meiner Lesungen vortrage, herrscht immer absolute Stille im Publikum

So kenne ich meinen zweiten Patenonkel nur aus wenigen Erzählungen meiner Eltern. Er muss ein bedachtsamer, introvertierter Mensch gewesen sein, dessen Glück und Unglück zugleich die späte Geburt seines Sohnes war. Hätte er doch anders entschieden, hat meine Mutter immer wieder betont, wäre er doch an seinem Geburtstag einfach nach Hause gegangen, er hätte sein Glück noch lange genießen können und sein

Sohn hätte es ihm bestimmt gedankt. So ist er vaterlos groß geworden.

Das alles fiel mir ein, als ich in der Kirchenbank saß und den beiden übrigen Taufen zusah. Sina hat auch eine ihrer Omas als Patin, aber die wird hoffentlich noch lange leben. Und außerdem hat sie noch drei andere Paten, doppelt so viel wie ich sie damals hatte. Die Chance, dass sie von ihren Paten ins Leben begleitet wird, ist groß.

Unser Frieder

Bei meinem letzten Gang über den Friedhof war er nicht mehr da, der kleine schwarze Grabstein, vor dem ich immer stehen bleiben musste. Es stand nicht viel darauf, nicht einmal der richtige Name. „Unser Frieder" stand da nur in immer blasser werdender Schrift und darunter die beiden Jahreszahlen: 1949 bis 1960. Kein Datum, nichts weiter. Aber das Datum von 1960, ich weiß es noch genau, war ein warmer Sommertag, war ein Tag irgendwann Anfang Juli.

Ich war mit Beginn der fünften Klasse zur Realschule in die Nachbarstadt gewechselt und kam erst am späten Mittag mit dem Bus zurück. Als ich den Schützenhof, den Platz, auf dem wir unsere Fußballschlachten austrugen, betrat, standen meine Freunde schon zusammen und redeten heftig gestikulierend miteinander. Als sie mich sahen, kamen sie angerannt, und ich glaube, es war Heinz-Werner gewesen, der Längste und Kräftigste unter uns, der es mir von weitem zurief: „Frieder ist tot." Mit dem Fahrrad war er zu seiner Oma Mira in den Vorort nach Methler gefahren und hatte den Linienbus übersehen. Er war auf der Stelle tot gewesen.

Wir standen nebeneinander und wussten nicht, was wir sagen sollten.

Friedhelm, so hieß er richtig, hatte rotblonde Haare gehabt, genau wie ich. Er war, anders als ich, nach dem Osterzeugnis zum Kamener Gymnasium gewechselt. Stolz, aber nicht angeberisch, hatte er von seinen ersten guten Zensuren erzählt. Fußball spielten wir alle gern, auch Frieder. Wenn er sich anstrengte, lief sein Gesicht rot an, und ein Spiel ist mir in Erinnerung, in dem Frieder mit hochrotem Kopf um den Sieg kämpfte, als wir anderen schon aufgeben wollten. Ich glaube, wir haben dank Frieder den hohen Rückstand noch aufgeholt.

Irgendwann hat er meinen Ball kaputt geschossen. Ein billiges Plastikding, das mir mein Vater mit der Bemerkung gab: „Pass aber auf, dass er lange hält." Mein Vater verdiente nicht viel auf der Zeche, deshalb wusste ich, dass er mir einen zweiten Ball nicht schenken würde. Aber schon beim zweiten Spiel hing der Ball im Stacheldrahtzaun. Wir haben ein Feuer angezündet und mit einer angewärmten Eisenstange versucht, das Plastik um das Loch herum zum Schmelzen zu bringen, damit es sich schloss. Aber als wir den Ball aufpumpen wollten, zischte die Luft trotzdem heraus. Schlaff lag er zu meinen

Füßen. Bin ich zu seiner Mutter gegangen, um mir den Kaufpreis bezahlen zu lassen? Ich weiß es nicht mehr. Ich weiß nur, dass Frieder schreckliche Angst davor hatte. Seine Mutter musste nach dem frühen Tod seines Vaters genauso sparsam sein wie wir.

Nach der Beerdigung liefen seine Mutter und seine beiden älteren Schwestern eine Zeitlang in schwarzer Kleidung durch die Straßen unserer Stadt. Die Mädchen zogen schnell wieder bunte Kleidung an, das Schwarz bei Frieders Mutter blieb. Wir gingen ihr aus dem Weg, obwohl wir das Gefühl hatten, dass sie gerne mit uns sprechen wollte. Wenn wir auf dem Schützenhof Fußball spielten, blieb sie stehen, wollte uns vielleicht irgendetwas von Frieder erzählen, aber wir taten so, als würden wir sie nicht sehen. Die schwarz gekleidete Frau mit den rot geränderten Augen war uns nicht geheuer.

Dann hörte ich, sie sei in eine Nervenklinik eingeliefert worden. In die Klapsmühle, wie man in unserer Straße sagte. Großes Verständnis für seelische Erkrankungen hatte man nicht. Sie hätte versucht, sich die Pulsadern aufzuschneiden, hieß es. Monatelang blieb sie weg. Dann stand sie wieder auf dem Schützenhof, noch immer schwarz gekleidet. Die Töchter, von denen die eine

Medizin, die andere auf Lehramt studierte, konnten sie nicht trösten. Ihre Kleidung blieb schwarz, wechselte bestenfalls in ein dunkles Grau. Den Versuch, uns beim Spiel anzusprechen, unternahm sie nie. Sie stand nur still da und beobachtete uns eine Zeitlang.

Erst Jahre später, bei einem Einkauf in der Stadt, sprach sie mich an. Ich war längst zum Gymnasium gewechselt und musste ihr erzählen, welche Zensuren ich erreichte und was ich lernte. Von den Gleichungen in Mathe, von der Lektüre in Latein, sie wollte alles wissen. Sie ließ mich erzählen, unterbrach mich nicht und nickte nur. Ich wusste, es ging ihr gar nicht um mich. Sie verglich mich mit Frieder. Das hätte jetzt Frieder auch lernen müssen, die Schwierigkeiten oder Erfolge hätte er jetzt auch gehabt. Es muss schwer für sie gewesen sein, meinen Erzählungen zu folgen, das dachte ich schon damals. Sie mussten ihr wehtun, bitter weh, aber sie wollte sie hören. Möglichst lange sollte ich reden, möglichst ausführlich erzählen. Meine Geschichten verlängerten für sie Frieders Leben. Sie zeigten Möglichkeiten auf, die Frieder gehabt hätte. Deshalb erzählte ich ihr alles, was sie wissen wollte.

Dann wurde sie wieder in die Psychiatrie eingeliefert, Depressionen, vielleicht ein erneuter Selbstmordversuch. Ein zweites Mal verschwand sie für Monate aus unserer Stadt. Beinahe vergaß ich sie, dann stand sie wieder vor mir. Ich hatte angefangen zu studieren, wollte Lehrer werden und hatte meine erste Erzählung in einer Zeitschrift veröffentlicht. Sie nickte lächelnd, als wollte sie sagen: „Das hätte unser Frieder auch geschafft. Ganz bestimmt. So etwas war ihm auch zuzutrauen." Sie stellte gar nicht viele Fragen, ich wusste auch so, was sie hören wollte und erzählte alles durcheinander.

Wenn ich auf dem Friedhof das Grab meiner Großmutter, später auch das meiner Eltern besuchte, ging ich oft am Grab von Frieder vorbei. Immer standen frische Blumen darauf.

Seinen Tod haben meine Freunde und ich niemals vergessen. Bei jedem von uns war damals, 1960, schon ein Großvater oder eine Großmutter gestorben. Alte Menschen eben, was normal war. Aber dass der Tod auch mit uns zu tun hat, uns ganz direkt betreffen konnte, lernten wir durch Frieders Unfall.

Und ich lernte noch etwas. Dass nämlich jener Satz nicht stimmt, der oft als Trost genannt wird: „Die Zeit heilt alle Wunden."

Bei Frieders Mutter heilte keine Wunde. Sie sprach mich noch bis kurz vor ihrem Tod an, faltig geworden und viel älter aussehend, als sie in Wirklichkeit war.

Eine ihrer Töchter heiratete später einen Freund von mir. Sie wusste von meiner Freundschaft zu Frieder, aber sie wollte nie etwas darüber wissen. Wenigstens dann, wenn sie nicht mit ihrer Mutter zusammen war, wollte sie den Schatten loswerden, der unablösbar auf ihrer Familie lastete.

Wahrscheinlich war sie es, die ein paar Jahre nach dem Tod ihrer Mutter zugestimmt hat, dass Frieders Grab platt gemacht wurde. Eine verständliche Entscheidung. Schließlich waren 35 Jahre vergangen. 35 Jahre, die genug sein müssen, denke ich. Obwohl ich gelernt habe, dass manche Wunden auch die Zeit nicht heilt.

Die Bank auf dem Friedhof

Ich hatte ihn ein paar Mal besucht. Seine Enkeltochter hatte ihm von meinen Büchern erzählt, und er hatte sie aufgefordert, mich bei einem ihrer Besuche mitzubringen. Er wohnte sehr abgelegen in einem Bungalow am Waldrand, direkt über der Ruhr. Ich musste einen schmalen, asphaltierten Waldweg zu seinem Haus fahren und glaubte schon, ich hätte mich verirrt, da tauchte doch sein einsames Haus am Wegrand auf.

Wir sprachen über unsere literarischen Pläne. Er schrieb gerade ein Buch gegen seine Krebsangst. Das Buch begann mit der niederschmetternden Diagnose durch den Arzt, der Operation, die ihm einen Seitenausgang bescherte und endete mit dem langsamen, qualvollen Sich-Abfinden mit der Krankheit. Außerdem stellte er einen Lyrikband zusammen, was mich überraschte. Er hatte nie vorher ein Gedicht veröffentlicht. Meine Überraschung erfreute ihn. Er zeigte ein verschmitztes, kaum merkliches Lächeln, bei dem er nur ein wenig die Mundwinkel verzog, dafür aber das linke Auge zusammenkniff. Es war ihm klar, dass auch die Kritiker so überrascht gucken würden wie ich, wenn das Buch erschien.

Seine Frau drängte mich, ihren selbstgebackenen Kuchen zu essen. Sie war eine zurückhaltende, stattliche Frau mit ostpreußischem Akzent, die sich erst in unser Gespräch einmischte, als wir über unsere Familien sprachen. Da behandelte sie mich wie einen alten Bekannten. Sie erzählte mir von einem ihrer Söhne, der Arzt geworden sei und nun eine ausgedehnte Reise durch die Sowjetunion plane. Ihr Mann hörte aufmerksam, aber kommentarlos zu.

Später erwähnte er mich in seinem Krebsbuch, auf jene liebevoll-ironische Weise, die typisch war für ihn. Er schrieb von einem jungen Kollegen, der ihn besucht hatte und der ihn mit seinem runden, lachenden Gesicht an die Madonnenbilder mancher Altäre erinnerte. Ich glaubte, beim Lesen sein verschmitztes Lächeln zu sehen.

Wir schrieben uns. Ich veröffentlichte ein paar Rezensionen zu seinen neuen Büchern, denn ich wusste, er war auf den Verkauf angewiesen. Er war ein altmodischer Schriftsteller, der einzig vom Verkauf seiner Bücher leben wollte. Lesungen, mit denen sich manche

Kollegen über Wasser halten, nahm er so gut wie nie an. Er wurde schon Tage vorher nervös, hatte Schweißausbrüche und musste sich übergeben.

Immer ging es in seinen Büchern um das Christentum, immer maß er das Handeln seiner Figuren an der Nächstenliebe. Auch darin blieb er ein Schriftsteller außerhalb der Mode. Der Krebs, mit dem er sich schließlich abfand, ließ ihm Zeit. Er wurde fast 78 Jahre alt. Jedes Jahr während unserer Bekanntschaft und seiner Krankheit hat er noch ein Buch veröffentlicht.

Ich war in Hektik, als mich die Todesnachricht erreichte. Im Keller meines Hauses wurden gerade Gasrohre ausgewechselt, auf dem Dach turnten die Dachdecker herum, rissen die porösen Schieferplatten herunter und ersetzten sie durch profane, aber billigere Dachpfannen.

Ich schrieb seiner Witwe, dass ich zur Trauerfeier leider nicht kommen könne. Ein paar Tage später, als die Handwerker das Haus verlassen hatten, berichtete ich in zwei Interviews für lokale Rundfunkanstalten über sein Werk. Die Redakteure wussten nichts von ihm, was mich nicht wunderte. Die meisten von ihnen können Abraham nicht von Mose unterscheiden und finden, dass das Neue

Testament genauso veraltet ist wie das Alte. Wie sollte sie da ein christlicher Schriftsteller interessieren? Ich erzählte von seinem Buch „Brüder und Knechte" aus der Kriegszeit. Er war Offizier gewesen, aber sein christliches Weltbild hatte ihn schnell in Opposition zu Hitler gebracht. Er hatte zum Umfeld des 20. Juli gehört, von den Vorbereitungen zum Attentat gewusst und Angst gehabt, dass die SS ihn erwischen könnte. Aber sein Dienstvorgesetzter, der selber Hitlers Rachefeldzug zum Opfer fiel, hatte alle Listen, auf denen sein Name als Mitwisser auftauchte, rechtzeitig vernichtet. Später, nach dem Krieg, hatte er an einem Arbeitskreis teilgenommen, der das Christentum populär machen sollte. Jedes Jahr sollten bei einem großen Treffen Laien, auch Atheisten, mit Theologen diskutieren. Er hatte damit die Kirchentage mitbegründet. Auch davon erzählte ich, während die Redakteure gelangweilt durch das Studiofenster Blickkontakt mit dem Tontechniker aufnahmen.

Seine Witwe war nicht beleidigt gewesen wegen meiner Absage. Ein paar Wochen später rief sie mich an. Es seien viele Freunde gekommen, erzählte sie mir, sogar der Intendant eines großen Rundfunksenders, mit dem er ein paar Jahre lang in einem theologischen Institut zusammengearbeitet hatte. Von den Schriftstellern wären nur wenige gekommen. Ich fühlte mich ertappt, war peinlich berührt, aber sie half mir. „Das lag auch an ihm", erklärte sie. „Er hat sich ja selbst aus dem Literaturbetrieb zurückgezogen." Nun gehe sie jeden Tag zum Grab. Es liege auf einer Anhöhe, ein Stückchen weiter die Ruhr entlang.

„Schaffen Sie denn den Weg?", fragte ich.

„Er strengt mich sehr an", antwortete sie. „Aber ich will ja zu ihm. Und außerdem hat mir der Stadtdirektor bei der Trauerfeier versprochen, in der Nähe seines Grabes eine Bank aufstellen zu lassen. Dann kann ich mich darauf ausruhen, während ich ihm alles erzähle. Wissen Sie, ich musste ihm ja immer erzählen, was passiert war. Er war jeden Tag viele Stunden eingeschlossen in seinem Arbeitszimmer und bekam wenig mit. Dann habe ich ihm am Abend erzählt, was die Kinder oder sonst wer gemacht hatten. Schreiben Sie etwas Gutes", sagte sie und lachte, „ich werde es ihm erzählen. Er war interessiert an Ihren Texten."

Zwei Bücher erschienen noch aus dem Nachlass. An einem davon war sie maßgeblich beteiligt. Es war die Liebesgeschichte eines verheirateten Mannes mit einer jungen Frau. Eine herrlich komische Catcherszene hat er darin gestaltet, denn die Frau hatte den Mann auch zu einem Besuch beim Catchen verführt. Aus der Sicht des völlig Unerfahrenen beschrieb er die Schaukämpfe und gewann ihnen nur komische, fast burleske Seiten ab. Seine Frau rief mich an, als sie das Manuskript entdeckt hatte.

„Er hat es nicht zu Ende gekriegt", erzählte sie. „Er konnte es nicht, es war ja Ehebruch. Sie wissen doch, wie schwer er sich mit den Geboten tat."

Ich war überrascht, wie ruhig sie das erzählte. Vielleicht steckte eigenes Erleben hinter der Geschichte. Vielleicht hatte ihr Mann mit dem Schreiben der Liebesgeschichte genauso etwas verarbeitet wie mit dem Krebsbuch. Aber daran dachte sie nicht. Sie überlegte nur, wie sie die Geschichte zu Ende bringen könnte.

„Wenn ich doch ein kurzes Ende wüsste, das nichts von seiner Handlung und seinem Stil beeinträchtigt", sagte sie. Auch mir fiel nichts ein.

„Steht denn die Bank inzwischen?", fragte ich sie. „Können Sie sich ausruhen bei Ihren Besuchen am Grab?"

„Ach Gott, die Bank. Nein, die steht noch immer nicht. Dabei fällt es mir immer schwerer, den Weg zu gehen."

„Rufen Sie doch beim Stadtdirektor an", wollte ich sagen, aber ich wusste, so etwas passte nicht zu ihr. Sie war zu bescheiden, etwas für sich selber zu fordern.

Ein paar Monate später erreichte mich die veröffentlichte Liebesgeschichte. Es war ihr tatsächlich ein guter, nämlich kurzer Schluss eingefallen. Sie hatte einen Abschiedsbrief des Mannes an die Frau erfunden. Es waren nur ein paar Zeilen, die sie ans Ende der Geschichte gehängt hatte. Aber es war ein Ende, das gut zu ihrem Mann passte.

Ich schrieb wieder eine Rezension und lobte ihre Idee, auf die eine Nachbemerkung hinwies. Sie rief mich an, weil sie sich über mein Lob gefreut hatte.

Beim nächsten Telefongespräch war sie sehr empört. Vom Kulturamt der Stadt hätte jemand angerufen, erzählte sie mit bebender Stimme. Der Mann hätte gefragt, ob sie einverstanden sei, wenn eine Grundschule oder eine Straße in der Stadt nach ihrem Mann benannt würde. Sie war einverstanden gewesen. Als aber die Pläne bekannt wurden, standen plötzlich wütende Leserbriefe in der Zeitung. Was sie und ihre Familie sich einbildeten, schrieben einige Leute, darunter auch Kommunalpolitiker. So bedeutend sei ihr Mann auch nicht gewesen. Sie betonte ein paar Mal, dass es ja gar nicht ihre Idee gewesen sei. Die Stadtverwaltung hätte gefragt und sie hätte nur zugestimmt. Aber die Stadtverwaltung würde nun schweigen zu den Leserbriefen. Ich riet ihr, ebenfalls nicht zu antworten. Das sei kein Niveau, auf das sie sich einlassen solle. Sie hätte auch nicht vorgehabt, darauf zu reagieren, antwortete sie.

„Und die Bank?", fragte ich wieder, diesmal, um sie ein wenig abzulenken. „Steht sie nun endlich?"

„Jetzt wird sie erst recht nicht mehr aufgestellt", sagte sie.

Bei meinen Besuchen in der Buchhandlung schaute ich manchmal im Verzeichnis lieferbarer Bücher auch unter seinem Namen nach. Titel für Titel verschwand.

Irgendwann rief sie wieder an, ihre Stimme zitterte. Der Verlag hatte ihr mitgeteilt, dass auch die restlichen Titel aus dem Programm genommen würden. Die Mauer in

Berlin war gefallen, man wolle die restlichen Auflagen billig in der Ex-DDR verramschen. Dort würden nun Bücher mit christlichem Weltbild gebraucht.

„Jetzt ist er endgültig gestorben", sagte sie. Ich hörte ihren stockenden Atem. Es war unser letztes Telefongespräch.

Von ihrem Tode erzählte mir dann die Enkelin. Ihre Oma hatte am Morgen noch das Haus geputzt, hatte Staub gesaugt und sogar die Fensterscheiben gewischt. Aber am Mittag hatte sie sich plötzlich hingelegt. Der Sohn hatte sie am Nachmittag besucht und besorgt gefragt, ob sie krank sei. Sie hatte die Frage verneint und geantwortet, dass es nun genug sei. Sie habe einfach keine Kraft mehr. Es sei gut so, sie wünsche sich nichts als einfach zu ruhen. Zwei Tage später war sie tot.

Zu ihrer Beerdigung ist nur der engste Familienkreis gekommen. Ein wenig ungerecht, fand ich. Sie war eine lebenstüchtige Frau gewesen, die mehr Beachtung verdient gehabt hätte. Die Zeit nach dem Tod ihres Mannes hatte mir gezeigt, wie viel Anteil sie an seinem Werk gehabt hatte. Neben dem Opa sei sie beigesetzt worden, erzählte mir die Enkelin, im Schatten des Lebensbaumes, den sie selbst gepflanzt hatte.

Ob dort oben eine Bank stehe, wollte ich wissen.

Eine Bank? Die Enkelin war überrascht über meine Frage. Nein, eine Bank stehe dort nicht.

Jetzt ist sie auch nicht mehr nötig, dachte ich.

Das Stipendium

Es ist eine Geschichte, die mich tief betroffen gemacht hat damals. Und ganz ist sie nie gewichen, denn wenn sie mir wieder einfällt, die Geschichte, ist sie wieder da, diese Betroffenheit. Ganz unvermittelt geschieht das, während einer Autofahrt zum Beispiel, während eines Spaziergangs, während der Wartezeit auf einen Bus oder eine Straßenbahn. Unauslöschlich haben sich die Bilder in mein Gedächtnis eingeprägt.

Die Geschichte begann mit einem Brief, den ich unerwartet erhielt. Ich war Vorsitzender des Schriftstellerverbandes in meiner Region, deshalb hatte der Schreiber mich als Adressaten ausgesucht.

„Lieber Heinrich Peuckmann", schrieb er, „vor einigen Jahren habe ich William Bloke Modisane, einen farbigen Südafrikaner kennen gelernt. Bloke ist 62 Jahre alt, hat als oppositioneller Journalist in Südafrika einiges erdulden müssen, unter anderem auch Folter, und ist nach Flucht und längerem Aufenthalt in London, wo er Hörspiele für die BBC geschrieben hat, schließlich in Dortmund gelandet. Seine jetzige Situation ist, gelinde gesagt, ´ziemlich beschissen´: Scheidung im Dezember 84, kein Geld, Asthma-Anfälle, die er sich mit Cortison wegspritzen lässt, eine Hüftoperation, deren Wunde nicht zuheilen will usw. Das Unangenehmste aber ist, dass er in Dortmund kaum jemanden kennt und mit Sicherheit niemanden, mit dem er sich als Schriftsteller austauschen kann. Meine Bitte: Ist es möglich, ihn mal zu einem Treffen des Dortmunder Schriftstellerverbandes einzuladen und so einen Kontakt zu knüpfen zu einem Mann, bei dem sich praktische Solidarität mit einem Verfolgten des Apartheidregimes üben lässt?"

Der Absender war ein bekannter Dramatiker, dessen Drama „Das Totenfloß" gerade auf vielen Bühnen in Deutschland gespielt wurde. In der Zeit der Nachrüstung zeigte es die beklemmende Vision einer Gruppe von Menschen, die sich nach dem alles vernichtenden Atomschlag rheinaufwärts zum Meer retten will.

Ein verfolgter südafrikanischer Schriftsteller in meiner direkten Nähe? Ich war überrascht, schließlich hatte ich geglaubt, die literarische Szene in meinem Umfeld zu kennen. Ich wählte noch am selben Morgen die angegebene Telefonnummer und tatsächlich meldete sich eine dunkle, leicht heisere Stimme, die in gebrochenem Deutsch sprach: Bloke Modisane, mit dem mich in den folgenden Monaten eine kurze, aber tiefe Freundschaft verbinden sollte.

Ich lud ihn zur nächsten Sitzung der Dortmunder Schriftsteller ein, beschrieb ihm den Weg dorthin und spürte, wie überrascht, aber auch erfreut er über meinen Anruf war. Wir hatten nichts über ihn gewusst und er nichts über uns. Er versprach zu kommen, zwei-, dreimal wiederholte er es, und ich bat ihn, dann ganz offen mit uns über seine Situation zu sprechen und natürlich auch, uns etwas über die südafrikanische Literatur zu erzählen. Wir würden uns freuen, ihn kennen zu lernen, sagte ich, und wir würden ihm gerne bei dieser oder jener Beschwernis helfen.

Beschwernis, das war so ein leichthin gesprochenes Wort. Wir sollten bald feststellen, welche handfesten Probleme Bloke Modisane hatte.

Tatsächlich waren alle Autorenfreunde gespannt, ihn kennen zu lernen, als ich zu Beginn der nächsten Sitzung von Bloke erzählte. Aber er kam nicht. Ein paar Tage später rief ich ihn wieder an. Nein, nein, sagte er, er hätte den Termin nicht vergessen, aber er hätte beim besten Willen nicht kommen können. Er hätte einen seiner Asthmaanfälle erlitten und es sei ihm unmöglich gewesen, die Wohnung zu verlassen. Aber beim nächsten Mal, das verspreche er hoch und heilig, würde er garantiert kommen. Da gäbe es nur zwei Möglichkeiten. Entweder, er sei bis dahin an einem Asthmaanfall erstickt oder er würde pünktlich erscheinen. Wir lachten, als sei es ein locker dahin gesprochener Scherz.

Tatsächlich kam zur nächsten Sitzung ein etwas korpulenter Schwarzer mit schaukelndem Gang, was, wie ich aus dem Brief wusste, an der Hüftoperation liegen musste. Er erzählte uns von seiner Literatur, vor allem von seinem wichtigsten Werk, dem autobiographischen Werk „Weiß ist das Gesetz", das 1964 auch in Deutschland erschienen, aber schon lange vergriffen war. Er schildere darin die Brutalität des rassistischen Apartheidregimes Anfang der sechziger Jahre. Es sei eine Zeit voller Brutalität gewesen, erzählte er, in der zwei Freunde der jugendlichen Hauptperson sterben, der Vater bei einem Kampf getötet wird und der Jugendliche schrittweise, vor allem aber blutig eine Überlebensstrategie lernt. Gebannt hörten wir zu.

Über seine eigene Verfolgung sprach er nur zögernd und in Andeutungen, die Foltern, die er während seiner Verhaftungen durch die Polizei erlitten hatte, erwähnte er mit keinem Wort. Wir spürten, wie tief ihn das damalige Unrechtsregime in Kapstadt verletzt hatte, wie verwundet er noch nach vielen Jahren war. Es war diese Mischung aus Bescheidenheit und verletztem Stolz, die bedrückend auf uns wirkte und die ihn für uns einnahm.

Ich besorgte mir Literatur über Südafrika und fand in einem Buch von Breyten Breytenbach eine Spur von Bloke Modisane. Breytenbach rechnete ihn darin der Generation der fünfziger und sechziger Jahre zu, die die Rastlosigkeit und den Rhythmus des Stadtlebens in ihre Literatur aufgenommen habe und sich in ihren, von süßer Bitterkeit durchzogenen Werken oft der Mittel des Enthüllungsjournalismus bedient hätte.

Über Breyten Breytenbach erzählte uns Bloke Modisane auch etwas während einer späteren Sitzung. Er verglich ihn mit der südafrikanischen Nobelpreisträgerin Nadine Gordimer und meinte, dass beide als Weiße gegen das

Apartheidregime seien, Breytenbach aber „schwarz" denke, während Gordimer die Probleme des südafrikanischen Gesellschaft aus weißer Sicht darstelle. Nadine Gordimer bekam damals gerade einen großen Literaturpreis in Dortmund und wir sorgten dafür, dass Bloke an der Verleihung teilnehmen konnte.

Die Hörspielhonorare, die Bloke durch die Arbeit seines Übersetzers, des Dramatikers, bekam, reichten hinten und vorne nicht. Irgendwann erzählte er mir, dass der WDR ein Hörspiel von ihm abgelehnt hätte, sich dann aber, als der NDR es schließlich produzierte, anschloss. Er hätte das Geld schon viel früher gebrauchen können, sagte er. „Warum tun die das?", fragte er mich dann. „Warum lehnen die ein Hörspiel von mir ab, um sich dann über den NDR daran zu beteiligen?"

Ich wusste es nicht, es konnten nur finanzielle Gründe gewesen sein. Wahrscheinlich sparten sie bei der Übernahme an Geld.

Geld, das Bloke dringend hätte gebrauchen können. Wir bemühten uns um Lesungen für ihn, was aber, seiner unzureichenden Deutschkenntnisse wegen, schwirig war. Als ich Bloke eines Abends anrief, erzählte er mir, dass morgen ein Mann von den Vereinigten Elektrizitätswerken komme, um ihm den Strom abzuschalten, wenn er nicht 50 Mark anzahlen könne. Die VEW sei ihm schon entgegen gekommen, sagte er, denn er hätte bei ihnen eine offene Rechnung von über 300 Mark, aber er hätte die 50 Mark Anzahlung eben nicht. Ich streckte 50 Mark aus unserer Verbandskasse vor, steckte sie in einen Briefumschlag, fuhr in die Stadt, bat Freunde, die ich zufällig traf, ebenfalls etwas zu spenden, beteiligte mich auch selbst daran und brachte den Brief zur Hauptpost. Für ein paar Wochen war die Gefahr abgewendet.

Mein Schriftstellerkollege und Freund Gerd ergänzte unsere Bemühungen, bemühte sich unter Mithilfe des nordrheinwestfälischen Kultusministeriums um ein Stipendium für Bloke und tatsächlich haben in diesem Falle alle Institutionen reibungslos und schnell gearbeitet. Schon ein paar Wochen später wurde uns mitgeteilt, dass Bloke ein monatliches Stipendium in ausreichender Höhe von der Friedrich-Ebert-Stiftung bekommen sollte, zuerst einmal für ein Jahr, aber bei rechtzeitigem Antrag auf Verlängerung würde es keine Schwierigkeiten geben. Wir freuten uns wie die Kinder, und ich weiß noch, dass ich die gute Nachricht bei der nächsten Sitzung unseres Schriftstellerverbands, zu der Bloke nun immer kam, wenn es ihm seine Gesundheit nur eben erlaubte, so lange wie möglich hinauszögerte. Einfach, weil das Gefühl so schön war, gleich, in ein paar Minuten, ihm eine so schöne Mitteilung machen zu können. Bloke strahlte, als ich es ihm sagte.

Ich weiß noch, wie wir uns nach dem Ende der Veranstaltung vor der Gaststätte verabschiedeten, wie Bloke mir die Hand gab und versprach, beim nächsten Mal wieder dabei zu sein, wie er mit leicht schaukelndem Gang die Straße hinauf zur Straßenbahnhaltestelle ging, um von dort nach Hause zu fahren. Wie uns das gute Gefühl auch während der Heimfahrt nicht verließ, endlich, endlich etwas für ihn erreicht zu haben. Es war ein Dienstagabend, wie immer bei unseren Treffen.

Am Donnerstagmorgen rief Gerd mich dann an und teilte mir die Nachricht mit, die mich traf wie ein Keulenschlag. Bloke Modisane war gestorben. Er war einen Tag nach unserem letzten Treffen an einem Asthmaanfall erstickt, allein in seiner Wohnung. Ich habe das lange nicht akzeptieren wollen, ich habe auch lange nicht darüber sprechen können. Es hatte doch alles geklappt, er hätte doch endlich in Ruhe schreiben können, unser südafrikanischer Dortmunder Freund Bloke Modisane.

Stattdessen saßen wir an einem bitterkalten Märztag 1986 in der Trauerhalle eines kleinen Friedhofs in der Nähe der Hohensyburg. Ein etwa zehnjähriger Junge, Bloke Modisanes Sohn aus der geschiedenen Ehe, stellte sich neben den Sarg und spielte ein unendlich trauriges Lied auf seiner Blockflöte. Als Sprecher des Schriftstellerverbands hielt ich eine kleine Rede, schilderte die kurze Zeit unserer Zusammenarbeit, versprach, im Rahmen unserer Möglichkeiten auf das literarische Werk von Bloke hinzuweisen und gab der Hoffnung Ausdruck, dass seine Literatur, kurz bevor wir seinen Leichnam in Dortmunder Erde versenkten, zurückkehren möge in ein freies Südafrika.

Zusammen mit dem Dramatiker, der uns auf Bloke aufmerksam gemacht hatte, und meinen Freunden Gerd und Kurt, dem Leiter des Dortmunder Kulturbüros, haben wir Blokes Sarg zum Grab getragen. Ein bitterer Gang bei minus 15 Grad. Jahre später erzählte mir mein Freund

und Autorenkollege Horst, dass er einen Spielfilm im Fernsehen gesehen hätte. In dem Film sei ein weißer Söldner in ein afrikanisches Land gereist, um dort aufzuräumen, um seine Vorstellungen von Recht und Gesetz durchzusetzen: „Weiß ist das Gesetz". Bei seinen Fahrten durch das Land hatte er einen schwarzen Fahrer dabei und der sei ihm sofort bekannt vorgekommen. Die niederschmetternden Erlebnisse, vor allem aber die Erklärungen seines Fahrers hätten bei dem Söldner mit der Zeit einen Sinneswandel bewirkt und am Ende sei so etwas wie Freundschaft zwischen ihnen entstanden. Der Söldner starb und sein Fahrer, der niemand anderer war als Bloke Modisane, hat ihn begraben. Das hatte er also auch gemacht, unser südafrikanischer Freund, geschauspielert nämlich.

1992 fand ich in der „Zeit" einen Aufsatz von Nadine Gordimer, in der sie das Ende der Apartheid in Südafrika begrüßte, aber gleichzeitig darauf hinwies, wie viele Opfer unter Schriftstellern das menschenverachtende System verlangt hatte. Ganz konkret fragte sie dann, was aus einzelnen Schriftstellern geworden sei und erwähnte dabei auch Bloke Modisane.

Ich besorgte mir ihre Adresse und schrieb ihr einen langen Brief, in der ich ihr das Ende von Bloke schilderte. Das Manuskript einer Rundfunksendung, die ich inzwischen über Bloke gemacht hatte, legte ich bei.

Wochen später erreichte mich ihr Brief: „Dear Heinrich Peuckmann. Many thanks for sending me details about Bloke`s life abroad and his ironically sad sudden death, just when you had succeeded in obtaining a grant for him. The information in your letter will go into the archive of the Congress of South African Writers and will be valued there. As you rightly say, Bloke`s fight was that of all fellow Souht Africans who want to see justice and freedom in our country."

Als die Informationen über Blokes Leben und Tod in Dortmund nach Südafrika gelangt waren, als sein Buch "Weiß ist das Gesetz" dort wieder aufgelegt worden war, hatte sich für mich ein Kreislauf geschlossen, der mich zwar beruhigte, doch die Wunden rissen trotzdem noch einmal auf, zwei Jahrzehnte später.

Da war ich mit einem Dortmunder Kulturredakteur noch einmal zu Blokes Grab gefahren. Ich habe es ohne langes Suchen gefunden, die Erinnerungen an den Tag der Beerdigung waren nicht verblasst. Wir haben ein Foto gemacht, ich am Grab von Bloke und der Kulturredakteur hat einen schönen Erinnerungsbericht über ihn geschrieben, der aber niemals erschienen ist. Der Lokalchef hat ihn im letzten Moment gekippt. Er war ihm nicht interessant genug.

Das Versteck im Keller

Sie hatte geahnt, dass er kommen würde. Sie hatte seit zwei Tagen die Kellertür unverschlossen gelassen und war nicht überrascht gewesen, als sie des Nachts leise Schritte auf der Treppe hörte.

„Lies?", hat er leise und fragend gerufen, „Lies?" Und sie hat mit gedämpfter Stimme geantwortet, dass die Luft rein sei und er reinkommen könne. Sie haben sich einen Augenblick lang in den Armen gelegen, dann hat sie ihm seinen geliebten Kaffee gekocht, Muckefuck mit ein paar Bohnen vermischt, die sie für besondere Anlässe aufbewahrt hatte. Er hat wissen wollen, wie es der Tochter gehe, und danach hat sie ihm erzählt, dass sie am Vormittag zufällig seinen Bruder getroffen habe, der in einem alten, grauen Mantel, einen Karabiner über der Schulter, mit dem Fahrrad zu den Wersebrücken gefahren sei, wo ein paar Unbelehrbare im letzten Moment die Amerikaner aufhalten wollten.

„Fahr nach Hause, Fritz!", hat sie gerufen, „denk an deine Familie." Aber der hätte nur trotzig den Kopf geschüttelt und wäre weitergeradelt. „Hoffentlich überlebt es unser Fritz", hat er geantwortet.

Kurz vor Morgengrauen haben sie im Keller, hinter dem Regal mit dem Eingekochten, ein Lager bereitet, haben Bretter auf die kalten Steine gelegt und darüber mehrere Decken. Während er sich dort schlafen gelegt hat, hat sie das Fahrrad vor das Regal geschoben, so dass von außen niemand etwas sehen konnte und danach den Verschlag sorgfältig verriegelt.

Sie war erleichtert gewesen, dass er da war und nervös, weil niemand es wissen durfte.

Am nächsten Morgen hat es die Tochter trotzdem rausgekriegt, hat seine Mütze gefunden, die er dummerweise auf dem Sofa vergessen hatte.

„Du darfst niemand sagen, dass Papa da ist", hat sie ihr eingeschärft, „du willst doch, dass ihm nichts passiert."

Aber schon am Nachmittag hat sich die Kleine beim Spiel im Hof mit den anderen verzankt, und als ein Junge aus der Nachbarschaft mit Fäusten auf sie los wollte, hat sie ein paar Mal laut „Papa!" geschrieen.

„Ich weiß nicht, wieso sie darauf kommt, nach ihrem Papa zu schreien", hat ihre Mutter der Nachbarin gesagt, aber die hat abgewunken. „Ich weiß, dass Heinz da ist", hat sie leise gesagt und schnell hinzugefügt: „Wenn doch meiner auch erst da wäre."

In der Nacht haben sie wieder in der Küche gesessen und beratschlagt. Die Nachbarin würde dicht halten, da waren sie sicher, aber der Alte von gegenüber, wenn der etwas gehört hatte, der würde zur Polizei rennen. Und für Desertion gab es nur eine Strafe ... Wenn doch die Amerikaner endlich da wären.

Er hatte daran gedacht, sich zu seiner Schwester durchzuschlagen, die knapp 15 Kilometer entfernt am Stadtrand von Kamen, ganz in der Nähe des Overberger Friedhofs wohnte, aber das hatte sie abgelehnt, rein gefühlsmäßig, weil sie wollte, dass die Familie zusammenblieb.

Erst später sollten sie erfahren, dass das Haus der Schwester grad an den folgenden Tagen unter Artilleriebeschuss geriet, und dass seine Schwester und sein Schwager zwei Tage vor Kriegsende an den Splittern starben. Kurz vor Morgengrauen ist er wieder in den Keller gegangen, hat aber nicht mehr schlafen können, sondern den ganzen Tag über auf die Stimmen im Haus gelauscht. Es ist aber niemand gekommen.

Vier Tage musste er in dem Versteck ausharren, dann waren die Amerikaner da. Es ist kein Schuss mehr vor der Übergabe der Stadt gefallen, weil der Chefarzt des Krankenhauses, das jetzt ein Lazarett war, den Amerikanern in einem Jeep entgegengefahren ist. Kampflos hat er die Stadt Ahlen übergeben.

Aber die Gefahr war noch nicht vorüber gewesen. Er hatte ja keine ordentlichen Entlassungspapiere, und am Abend hingen überall Zettel an den Hauswänden, dass gemeldet werden müsste, wo sich noch deutsche Soldaten aufhielten. In der Nacht haben sie wieder in der Küche beraten und wieder hat sie den rettenden Einfall gehabt.

Am Morgen ist sie mit dem Fahrrad zum Krankenhaus gefahren und hat es tatsächlich geschafft, den Chefarzt zu sprechen. Der hat sich sofort bereit erklärt, ihn aufzunehmen. Erst am Abend würde durchgezählt, hat er gesagt, und wenn er bis dahin gekommen wäre, gäbe es keine Schwierigkeiten. Der Arzt hat ihr noch einen Schein mitgegeben, der den Aufenthalt im Lazarett für dringend erforderlich erklärte, damit ihn auf dem Weg niemand festnehmen konnte.

Zwei Tage lang hat er im Lazarett gelegen, dann ist er mit den nötigen Entlassungspapieren nach Hause gekommen. Dann war der Krieg für ihn endgültig vorbei.

Nachbemerkung

Ich habe die Geschichte „Das Versteck im Keller" an den Schluss meines Erzählbandes gestellt, weil ich meinem Vater dankbar bin. In aussichtsloser Situation, als er mit einer Knarre in der Hand die amerikanischen Panzer in der Eifel aufhalten sollte, als er sich entscheiden musste zwischen dem sicheren Tod und der kleinen Chance, mit Desertion sein Leben zu retten, hat mein Vater den Mut gehabt, die Flucht anzutreten. Hätte ihn einer der bis zuletzt fanatischen Nazis erwischt, wäre er am nächsten Baum aufgeknüpft worden mit einem Schild vor der Brust: „Ich bin ein Feigling." Immer wieder muss ich daran denken, dass es bei anderem Handeln mich, der ich vier Jahre später geboren wurde, gar nicht geben würde. Es würde mich nicht geben, meine Familie nicht und auch nicht meine Literatur. Wir alle sind Teil einer langen Kette, meine wäre beinahe kurz vor meiner Geburt gerissen.

Ich bin auch meiner Mutter dankbar, die – nicht reflektiert, sondern rein gefühlsmäßig – die richtige Entscheidung getroffen hat.

Sie waren beide mutig gewesen am Ende des Krieges.

Von **Heinrich Peuckmann** sind in unsererm Verlag erschienen:

„**Der Sommer fällt**"
Gedichte und Illustrationen mit einem Nachwort von *Peter Kracht* und 11 Graphiken von *Stephan Geisler,* 2007, ISBN 978-3-8196-0680-9, kart. 88 S **€ 9,90**

In seinen einfühlsamen Gedichten hat **Peuckmann** die Natur im Blick und lenkt auf sie seine Gedanken. Das Staunen über ihre Vielfalt, das Melancholische des Vergehens, das Einverständnis mit dem Lauf der Zeit bewegen ihn. Und dann finden sich Begegnungen mit Freunden, ganz ungewöhnliche, die ihn bis weit nach China führen. Der einfühlsame Blick ist es, der diese Gedichte auszeichnet, der das Mitleiden nicht ausspart, aber auch Widerstand im Alltag aufzeigt.
Ergänzt und weitergeführt werden die Gedichte durch Graphiken des Künstlers **Stephan Geisler**, der die Stimmung aufgreift und mit seinen Mitteln eigenständig ergänzt und fortentwickelt. Stephan Geisler ist Preisträger der Blesel Stiftung und Dozent an der Reichenhaller Akademie. Er war und ist auf zahlreichen Gruppen– und Einzelausstellungen im In– und Ausland vertreten.

„**Der Sohn der Tänzerin**"
(Roman) ISBN978-3-8196-0700-4, 2008, kart. 252 S **€ 14,90**

Ein Deutscher verliebt sich in eine thailändische Tänzerin und heiratet sie. Ihren halb verhungerten Sohn adoptiert er. Die Frau verlässt ihn wieder, der Sohn aber bleibt und es entwickelt sich eine wunderbare Vater– Sohn- Beziehung. Am Ende feiern beide im Fechtsport große Triumphe. Die Personen, ihre Gedanken und Gefühle sind erfunden. Aber beim Handlungsgerüst dieses ebenso spannenden wie anrührenden Romans hat sich der Autor von den Erlebnissen des Koblenzers *Erik Kothny* und seines Sohnes *Wiradech („Willi")* leiten lassen, der bei der Olympiade in Sydney zwei Bronzemedaillen für das deutsche Team gewann.

Hinweisen möchten wir auch auf die Bücher von Horst Hensel, die in unserem Hause erschienen sind

Horst Hensel ist als Autor Verfasser von Romanen, Gedichtbänden, Hörspielen und Reportagen sowie Werken zur

Schulpädagogik, Literatursoziologie, Sprachpolitik und Praxisphilosophie. Hensel lebt und arbeitet sowohl im Ruhrgebiet als auch in Ostwestfalen. Er ist Mitglied des *Verbandes deutscher Schriftsteller*, der Krimiautorenvereinigung *syndikat* und des *P.E.N.*

"In guter Gesellschaft"
Über Zivilgesellschaftliches Verhalten in der Demokratie, Bochum 2008, ISBN 978-3-8196-0702-8, kart. 80 S. **€ 9,90**
Gegenwärtig wird in Deutschland darüber gestritten, was eine gerechte Gesellschaft sei. Unstrittig ist: Zusammenleben bedarf der Regeln. Darüberhinaus der Werte. Gibt es einen höchsten, aus dem sich alle anderen ableiten lassen? Hensel verneint dies; er stellt Wertepluralität heraus, zeigt einander zugeordnete Werte, die sich wechselweise bedingen. Diese Werte gedeihen am besten in der Demokratie. Vor allem Zivilcourage gehört zu den höchsten Bürgertugenden, auch wenn der politische Kompromiss ebenfalls als Wesensmerkmal der Demokratie erscheint. In Hensels Essay überschneiden sich Philosophie und Politologie - wobei sein Anliegen die Beförderung zivilgesellschaftlicher Praxis ist. Nicht zufällig entstand die Schrift im Anschluss an die Gründung eines Runden Tisches gegen fremdenfeindliche Gewalt

Tango und Theater" (soeben erschienen)
Kriminalroman, Bochum 2009, ISBN 978-3-8196-0723-3, kart. 224 S: **€ 12,90**

Kohlberg ist geflohen! Der Star der Theatergruppe des Gefängnisses Brackwater konnte nach einer Aufführung entkommen. Wen wird er jetzt wieder töten? - Die Mordkommission unter Leitung Conny Schulze-Hartwigks ermittelt. In Brackwater macht sich auch Gefängnislehrer Ulrich Kellermann Gedanken, aber Conny sagt: „Komm mir nicht schon wieder in die Quere, Keller!" Sie kommen sich aber in die Quere, der Gefängnislehrer und die Hauptkommissarin: beim gemeinsamen Tango, und überhaupt ... Aber wo ist Kohlberg? Da geschieht ein Selbstmord, der Keller auf eine Spur bringt ... Was Hensel als Krimi-Autor auszeichnet, schreibt die „Westdeutsche Allgemeine Zeitung", ist *seine Sprache, die Zeichnung der Figuren, und die atmosphärische Dichte. Schon nach einer Seite ist der Krimi-Fan „angefixt."*